D0017954

San Manuel Bueno, mártir

Letras Hispánicas

CONSEJO EDITOR:
Francisco Rico
Domingo Ynduráin
Gustavo Domínguez

Miguel de Unamuno

San Manuel Bueno, mártir

Edición de Mario J. Valdés

NOVENA EDICION

CATEDRA
LETRAS HISPANICAS

Ilustración de cubierta: Diego Lara

© Herederos de Miguel de Unamuno
Ediciones Cátedra, S. A., 1986
Don Ramón de la Cruz, 67. 28001 Madrid
Depósito legal: M. 20482-1986
ISBN: 84-376-0185-1
Printed in Spain
Impreso en Selecciones Gráficas
Carretera de Irún, km. 11,500 - Madrid

Índice

Índice

Para María Elena, Mario Teótimo y Miguel Jordi
Navidad 1978

Introducción

Caricatura de Unamuno, en el Semanario *España*

Nota biográfica

En su vida, Unamuno publicó seiscientos treinta y un ensayos cortos y veinticinco libros de ensayos, pero dejó ochocientos artículos dispersos en los periódicos de España y de América, de los cuales sólo cuatrocientos se han reeditado. Escribió cinco novelas, ocho novelas cortas, setenta y dos cuentos y ochenta y dos cuentos en diálogo. Escribió poesía toda su vida y publicó ocho libros de poemas y ciento once poemas sueltos en diversas revistas, pero dejó mil setecientos cincuenta y cinco poemas inéditos. Fue nombrado rector de la Universidad de Salamanca tres veces y tres veces fue destituido. Encontró tiempo para escribir cincuenta y cuatro prólogos a los libros de amigos y conocidos y pronunció más de cien conferencias y discursos, de los que nos quedan cincuenta y dos textos. Su correspondencia recogida pasa de mil cartas. Logró escribir y publicar doce obras para el teatro, y aunque nunca consiguió el éxito que buscaba en ese género, dejó veintiséis obras teatrales proyectadas. Escribió un diario íntimo en los años de crisis espiritual al principio del siglo, que nunca esperó publicar y que ahora es parte de su obra al lado de la angustia de sus personajes. Su biblioteca en Salamanca, con libros cuidadosamente leídos y anotados, pasó de los ocho mil volúmenes. Se le exilió de España por su independencia política; con el cambio de gobierno se le otorgó el título de «primer ciudadano» en reconocimiento a su integridad, pero murió a los setenta y dos años bajo arresto en su domicilio por la misma independencia que demostró siempre. Desde sus primeros escritos, que había de recordar poco antes de su muerte, Unamuno se mantuvo fiel a esa independencia tan suya. En 1899 canta a sus poemas con estos versos:

> Vosotros creeréis a mi quimera
> libre de torpes trabas,
> la lanzaréis vosotros, mis valientes,
> sobre mi pobre patria
> que sueña en ella.

Y concluye el 28 de diciembre de 1936:

> Morir soñando, sí, mas si se sueña
> morir, la muerte es sueño; una ventana
> hacia el vacío; no soñar; nirvana;
> del tiempo al fin, la eternidad se adueña.
>
> Vivir el día de hoy bajo la enseña
> del ayer deshaciéndose en mañana;
> vivir encadenado a la desgana
> ¿es acaso vivir? ¿Y esto qué enseña?
>
> ¿Soñar la muerte no es matar el sueño?
> ¿Vivir el sueño no es matar la vida?
> ¿A qué poner en ello tanto empeño
>
> aprender lo que al punto al fin se olvida
> escudriñando el implacable ceño
> —cielo desierto— del eterno Dueño?

Cuarenta años después de su muerte hay más de cinco mil libros y estudios en todas las lenguas de Europa dedicados a Miguel de Unamuno. ¿Qué hombre era éste?

Don Miguel de Unamuno nació en Bilbao el 29 de setiembre de 1864 y murió en Salamanca el 31 de diciembre de 1936. En estos setenta y dos años vivió la historia política, social y cultural de España con una intensidad que ya es legendaria. Pero también vivió en Copenhague con Kierkegaard, en Londres con Dickens y en París con Pascal, porque Unamuno, lector voraz, leía para recrear una tensión vital con el autor distante en tiempo y espacio a través del texto escrito. Constante a su filosofía, nos ha dejado las señas de su vida en su obra. Los textos de Unamuno hablan de la historia y la cotidianeidad, que llamó intrahistoria, de España tal como la vivió, sintió y creó este hombre extraordinario. Unamuno no escribe una autobiografía, género que implica un texto dedicado a reconstruir la vida de su autor, porque toda su obra es autobiográfica. Unamuno dejó su vida reflejada en sus escritos.

Los primeros años se encuentran en *Recuerdos de niñez y mocedad* y *De mi país* y, como fondo, en su novela *Paz en la guerra*. En estos textos la historia política de España queda lejos y sólo se oyen rumores y ecos o se sienten repercusiones de los cambios en Madrid, pero el enfoque central está en la sustancia colectiva del ser humano, es decir, la intrahistoria vista desde Bilbao y el país vasco.

En cuanto a la vida íntima se descubre vez tras vez, al leer la obra de Unamuno, que la enorme unidad de cuarenta años de escribir se debe en gran parte al hecho de que sus personajes y las situaciones en que se encuentran están tomadas de sus experiencias personales o de las proyecciones imaginarias de lo que pudiera haber sido. Lo que Unamuno denomina sus «yo ex-futuros».

El padre de Unamuno fue a México de joven y regresó a España y a la tierra vasca con una pequeña fortuna y una pequeña biblioteca. Se casó con una sobrina suya y el matrimonio tuvo seis hijos. El padre murió cuando Unamuno tenía sólo seis años. Se crió en una casa matriarcal y austera, unida con algunos lazos al mundo exterior, especialmente a Hispanoamérica, por medio de la biblioteca de su padre. Recordemos que Augusto Pérez de *Niebla* pierde también a su padre de joven y es criado en un ambiente dominado por su madre. También Ángela y Lázaro Carballino pierden a su padre muy jóvenes y viven su niñez en un ambiente de matriarcado, y recordemos que la biblioteca de Ángela, la única en la aldea, era la que había llevado su padre, el forastero, al casarse y establecerse en Valverde de Lucerna.

Unamuno se educó en escuelas laicas en Bilbao, y a los dieciséis años ingresó en la Universidad de Madrid, donde se licenció en filosofía y letras. En 1884, antes de cumplir los veinte años, se doctoró. Su tesis fue sobre los orígenes y prehistoria del pueblo vasco. Los años que siguen al doctorado son muy difíciles. Es una época de intensa preparación para oposiciones a cátedras de instituto. Son semanas de lectura y estudio, devorando libros y formando esquemas de materias tan distintas como psicología, metafísica, latín y, finalmente, griego. En estos años, 1884-1891, subsiste de trabajos ocasionales, clases particulares y colaboraciones en los periódicos bilbaínos. Escribe sus primeros cuentos y empieza a publicar ensayos sobre los problemas sociales del día. Esta es la época socialista de Unamuno. Se une con los jóvenes socialistas para publicar el semanario *La lucha de las clases*. Buscan una reforma política, social y económica para la España de María Cristina, con sus gobiernos alternados por acuerdo entre Cánovas y Sagasta. En 1889, Unamuno sale por primera vez de España en un breve viaje a Italia y a París.

En 1891, cambios notables llegan a la vida del joven Unamuno. Se casa el 31 de enero con Concha Lizárraga, su novia de años. En mayo gana la cátedra de griego en la Universidad de Salamanca. El primero de octubre, el joven matrimonio se traslada a Salamanca, donde vivirán el resto de su vida y donde nacerán sus ocho hijos. Llegará Unamuno, el bilbaíno, a identificarse entrañablemente con Salamanca, ciudad que llegará a ser mucho más que su residencia. Unamuno penetra en el pueblo español, dentro de su cotidianeidad, principalmente por su experiencia de Salamanca.

La catástrofe nacional de 1898 da ocasión a que se oiga su voz al denunciar la indiferencia de los españoles ante las derrotas militares y la irresponsabilidad del gobierno. Pocos años antes, en *Paz en la gue-*

rra (1888-97), Pachico, el primer personaje desarrollado de Unamuno, declara al bajar del monte que se dedicará a despertar al pueblo español. El ensayo *En torno al casticismo* se publica en 1895, y con este libro tenemos el principio de una literatura autobiográfica, en el doble sentido de que se nutre de las experiencias de su autor y que está escrita de una manera tan singular que las diversas voces del autor entablan un diálogo re-creador con el lector. Los artículos cortos y cuentos salen de su pluma como un río de pensamientos y de fuerza de personalidad. Escribe sobre el pan de cada día, pero también sobre filosofía y educación; *De la enseñanza superior en España* y «Nicodemo el Fariseo» son de 1899.

El reconocimiento académico y nacional no tarda en llegar. En 1901 es nombrado rector de la Universidad de Salamanca. Unamuno, lejos de servir en el cargo como administrador, transforma el puesto de rector en un símbolo nacional de jefatura intelectual. El nombramiento fue hecho durante la regencia, pero es destituido por el ministro Bergamín, de Alfonso XIII, en 1914. Los motivos para destituirlo fueron siempre los mismos: la independencia intelectual y política de Unamuno molestaba profundamente a las autoridades de Madrid. Otra vez, durante la Segunda república, se le nombra rector sólo para destituirlo a los pocos años, al darse cuenta de que no se podía contar con Unamuno como partidario y que en cualquier momento hablaba con vehemencia sobre los asuntos del día. Por tercera vez en su vida, bajo el mando de Franco, es nombrado rector sólo para ser destituido pocos meses antes de su muerte. Nadie ha podido explicar la recia independencia intelectual de Unamuno mejor que él mismo en *Cómo se hace una novela (Obras Completas,* VIII, 744-5):

A todo esto, las gentes de aquí me preguntan si es que puedo volver a España, si hay alguna ley o disposición del poder público que me impida la vuelta, y me es difícil explicarles, sobre todo a extranjeros, por qué no

17

puedo ni debo volver mientras haya Directorio, mientras
el general Martínez Anido esté en el poder, porque no
podría callarme ni dejar de acusarles, y si vuelvo a
España y acuso y grito en las calles y las plazas la
verdad, mi verdad, entonces mi libertad y hasta mi vida
estarían en peligro, y si las perdiera no harían nada los
que se dicen mis amigos y amigos de la libertad y de la
vida.

Se ha hecho mucho hincapié sobre las contradicciones
y paradojas de Unamuno, tratando de crear una imagen
de un hombre vanidoso, cambiable, sólo interesado en su
perfil público. Unamuno pensó por medio de una dialéctica y escribió en una forma de diálogo continuo con el
lector. Si en los textos de Unamuno encontramos una
larga serie de contradicciones y de paradojas, no perda-
mos de vista su carácter, de completa integridad, en la
que se mantiene hasta su muerte: «Vivir en la historia y
vivir la historia, hacerme en la historia en mi España,
y hacer mi historia, mi España, y con ella mi universo, y
mi eternidad» *(Obras Completas,* VIII, 733). La contradicción es para Unamuno una parte esencial del debate
con su lector y, por tanto, de su continuidad como
dialogante del texto.

Nos hemos desviado un poco de la trayectoria que
llevábamos de la vida de Unamuno para insistir en su
actuación política, pero regresemos adonde quedamos.
Como decíamos, en 1901 es nombrado rector de la
Universidad de Salamanca. El éxito de Unamuno le
convierte en voz intelectual de España y crece en importancia con todo lo que escribe; sin embargo, escondido
dentro del escritor brillante, arrogante y confiado, hay
un hombre de carne y hueso que sufre enormes dudas
íntimas. Unamuno pasa por una crisis psicológica en
estos años y nos deja testimonio de la enormidad de su
sufrimiento en el *Diario íntimo* (1897-1902). Armando
Zubizarreta da cuenta del diario en 1959 y se publica por
primera vez en 1970.

Unamuno publica en 1902 *Amor y pedagogía,* y en 1907, su primer libro de poesías, muchas de las cuales venía escribiendo desde sus años de preparación para las oposiciones. Con nuevas fuerzas y renovado sentido de dedicación, introduce una antropología existencialista en España; primero, con la publicación de *Mi religión y otros ensayos* (1910), seguido de *Del sentimiento trágico de la vida* (1912) y *Rosario de sonetos líricos* (1911).

La actuación pública de Unamuno se acrecentó marcadamente después de 1914. Estaba en todo y, especialmente, contra todo lo que fuera embuste y mentira. Cuanto más crecían los esfuerzos por silenciarlo, más vehemente se expresaba Unamuno. Durante la guerra mundial, Unamuno destacó como persona no grata a los germanófilos, cuya cabeza era el rey mismo. Con este fondo de oposición entre Unamuno y el gobierno no es de sorprender que, al saberse los detalles del desastre militar de Annual, en que murieron miles de soldados españoles por errores cometidos en Palacio, Unamuno se lanzara en un ataque personal y sin tregua contra Alfonso XIII. Unamuno insistió en la responsabilidad total de Alfonso XIII por el desastre. La culminación de esta batalla vino en 1924 con su destierro a Fuerteventura, en las Islas Canarias. Durante estos años de actividad pública tan intensa, Unamuno publicaba más de un artículo al día en los diarios de España e Hispanoamérica. También encontró suficiente paz en la guerra para publicar *Niebla* (1914), *Abel Sánchez* (1917), *La tía Tula* (1921) y *Teresa* (1924).

En 1923 toma el poder el capitán general Primo de Rivera, y los procesos jurídicos contra Unamuno, por sus supuestas injurias al rey en sus artículos de *El mercantil valenciano,* se transforman en licencia para que el dictador tome medidas mayores contra «el sabio de Salamanca». El 20 de febrero de 1924, recordando a Fray Luis de León, Unamuno también se despide de sus estudiantes hasta el día próximo. La orden de destierro ha llegado. Permaneció en Fuerteventura del 10 de marzo hasta el 9 de julio, cuando fue rescatado por el director de *Le Quotidien,* periódico de París. Vive en París un año, del 24 de julio de 1924 al 25 de agosto de 1925. Este año es uno de desolación para Unamuno y de introspección feroz. Pero deja testimonio vital de este año en sus escritos: *De Fuerteventura a París* (1926), *Romancero del destierro* (1927), *Cómo se hace una novela* (1927) y *La agonía del cristianismo* (ensayo escrito en 1924, publicado en francés en 1927 y en castellano en 1931). Unamuno explica en el prólogo a la edición española: «Este libro fue escrito en París hallándome yo emigrado, refugiado allí, a fines de 1924, en plena dictadura pretoriana y cesariana española y en singulares condiciones de mi ánimo, presa de una verdadera fiebre espiritual y de una pesadilla de aguardo, condiciones que he tratado de narrar en mi libro *Cómo se hace una novela.* Y fue escrita por encargo, como lo expongo en su introducción» *(Obras completas,* VII, 305).

En 1926 encontramos a Unamuno en Hendaya, pueblo francés en la frontera con España. Unamuno se ha recobrado, y con sus cartas políticas, transmitidas a través de la pequeña revista *Hojas libres,* empezó de nuevo a oírse de él en España. Tanto molestó la proximidad de Unamuno a la dictadura, que oficialmente pidieron al gobierno francés que alejase a Unamuno de la frontera. Toda tentativa ante los franceses fracasó, y siguió en su sitio aquel hombre que con su pluma y su actitud podía crear un símbolo de independencia visto por toda España. Al ver las autoridades de Madrid que no podían hacer nada por caminos diplomáticos probaron otro. Cuando Unamuno llegó a Francia recibió el indulto, pero entonces el gobierno de Madrid afirmó que no quedaba ninguna condena contra él y que era completamente libre de regresar a España cuando él quisiera. Pero no contaban con la firmeza de Unamuno, que declaró que no pondría pie en tierra española hasta que ésta estuviera libre de la dictadura. De estos cuatro años en Hendaya tenemos el extraordinario diario poético de Unamuno *Cancionero* (1928-36), que quedó inédito hasta 1953, cuando lo publicó Manuel García Blanco. También de esta época extraordinaria es la obra dramática *El hermano Juan* (1929). Aunque Unamuno llevaba un cuarto de siglo escribiendo obras para el teatro, este es uno de sus dramas más logrados y las razones son varias. Por primera vez tiene un vehículo suficiente para las ideas estéticas que busca crear en su público. Unamuno, en su agonía del destierro, regresa al tema elaborado en cuentos y novelas anteriores —el tema del yo público que domina y destierra al yo íntimo. En esta obra, intensamente dramática, tenemos al personaje teatral condenado a ser careta todos sus días y nunca encontrar su ser. No es demasiado especulativo pensar por qué le interesó de nuevo este tema a Unamuno.

Regresa Unamuno, en 1929, a España como símbolo nacional de resistencia a la dictadura, pero algunos vuelven a cometer el error de creer que Unamuno se guiaba por ideologías en vez de por principios. Después de 1931, cuando se proclama la segunda República española y Unamuno vuelve a alzar su voz para protestar por la violación de los derechos del ciudadano, se le acusa de haberse vuelto contra los suyos. Mal conocían a don Miguel de Unamuno, cuya única ideología era despertar en todos los españoles una nacionalidad vigente. Unamuno, de vuelta en España, escribe sus últimas narraciones: *La novela de don Sandalio, jugador de ajedrez, Un pobre hombre rico o el sentimiento cómico de la vida,* y su obra maestra, *San Manuel Bueno, mártir.* En 1933 se publican las tres juntas, con un cuento escrito en 1911, *Una historia de amor.* Con este último libro se cierra una obra de dimensiones que no tienen límites de historia o de personalidad, porque enriquece la vida de todos y de todos los tiempos.

El año 1934 es trágico para Unamuno: muere su mujer, su costumbre, como la llamaba. Doña Concepción Lizárraga fue la estabilidad y la fuerza emocional del

21

batallador. Escribe Unamuno en su cancionero estos versos:

«Después de la muerte de mi Concha»

Me llega desde el olvido
tierna canción de ultra-cuna,
que callandito al oído
me briza eterna fortuna.
Es el perdido recuerdo
de mi otra vida perdida;
me dice, por si me pierdo,
vuelve a tu primer partida.

Los honores caen sobre Unamuno. Se le nombra doctor honoris causa en Grenoble y luego en Oxford; la República le nombra primer ciudadano de la nación. Pero a Unamuno no le interesan los títulos, le sigue «doliendo España», como solía decir, y comprende que España va hacia un desastre. Cuando empieza la guerra civil, en el verano de 1936, Unamuno se declara en latín partidario del levantamiento y contra la barbarie a que había llegado el entusiasmo de libertad. Pero al tomar poder de Salamanca las fuerzas del levantamiento, se oyó el «Mueran los intelectuales» del general Millán Astray. Unamuno contesta directamente al general, con su vehemencia acostumbrada. Los amigos y admiradores de ayer le insultan y hasta hay quien pide a Franco que se fusile a Unamuno. Al día siguiente, el 13 de octubre de 1936, es puesto bajo arresto en su propio domicilio. Unamuno no intenta salir, tal y como no regresó a España hasta el fin de la dictadura de Primo de Rivera. Es la única forma de protesta que le queda.

Muere Unamuno a las cuatro de la tarde del día 31 de diciembre de 1936. Antonio Machado bien dijo lo que significaba esta muerte: «De quienes ignoran que el haberse apagado la voz de Unamuno es algo con proporciones de catástrofe nacional, habría que decir: Perdónales, Señor, porque no saben lo que han perdido.»

Miguel de Unamuno murió en batalla, como vivió la mayor parte de su vida. Si entonces la admiración superficial supo convertirse en desprecio, el lector de Unamuno no está a la merced de superficialidades, pues tiene la obligación de profundizar que le imponen los textos de Unamuno. Unamuno, en su vida histórica, como en sus textos, se mantiene íntegro, insobornable e independiente.

Premisas para el estudio de Unamuno

A través de su vida, Unamuno se mantuvo firme al propósito de presentar de una manera amplia y radical el sentido de la paradoja del hombre que se sabe imperfecto y mortal y tiene que encontrar consuelo y vivir con la muerte. Unamuno abarca con una mirada la dialéctica del ser y de la nada latente en el funcionamiento mismo del saber. En términos lógicos, la dialéctica significa que dos conceptos contradictorios —que mutuamente se excluyen— tienen una coexistencia que es la oposición o lucha y que esta lucha es la vida humana.

Ahora bien, cabe preguntarse cómo es posible determinar un punto de partida para una antropología filosófica orientada por la idea del hombre consciente de su muerte. Unamuno toma como punto de partida al hombre integral que reflexiona. Pero si el punto de partida ya es la complejidad entera de la existencia, no es posible progresar de lo simple a lo complejo. Unamuno lo comprende perfectamente y se dedica a la elucidación filosófica en todo lo que escribe, pero muy especialmente en sus novelas. Como es sabido, Unamuno rechazó todo concepto tradicional de géneros, pero esto no quiere decir que no haya diferencias formales en lo que escribió. Parte de la obra de Unamuno comprende la reflexión sobre el tema del hombre en su existencia real. Esta parte consiste mayormente en ensayos y algunas narraciones cortas. Otra parte busca ir más allá de la reflexión a la comprensión total del lector, y esta parte está integrada por su poesía, teatro y novelas.

Toda la obra de Unamuno se nutre de la asunción básica de que la filosofía, al concentrarse en el hombre real, el de carne y hueso, se convierte en filosofía agónica. Y es que la situación misma de hacer filosofía es agónica, pues representa no un concepto, sino el movimiento mismo de lo sensible hacia lo inteligible. Hay en esta hipótesis algo de Platón, Pascal y Kierkegaard —todos autores muy leídos por Unamuno. Siguiendo con la discusión de la hipótesis de Unamuno, surge el problema de la expresión. ¿Cómo es posible expresar el movimiento mismo entre el no ser y el ser si el lenguaje traiciona al filósofo a cada momento con términos de permanencia? Toda expresión científica es la descripción de lo permanente. Al no poderlo expresar en lenguaje descriptivo, es decir, en términos racionales inmutables, Unamuno llega a la consideración del ensayo filosófico como insuficiente y se dirige a expresarlo en lenguaje de alegoría, mito y símbolos.

La alegoría y la analogía pueden darnos una imagen provisional de este devenir extraño. Así, en *Mi religión y otros ensayos,* Unamuno publica la pequeña narración alegórica que reproducimos a continuación:

Del canto de las aguas eternas

El angosto camino, tallado a pico en la desnuda roca, va serpenteando sobre el abismo. A un lado, empinados tornos y peñascales, y al otro lado óyese en el fondo oscuro de la sima el rumor incesante de las aguas, a las que no se alcanza a ver con los ojos. A trechos forma el camino unos pequeños ensanches, lo preciso para contener una docena mal contada de personas; son a modo de descansaderos para los caminantes sobre la sima y bajo una tenada de ramaje. A lo lejos se destaca del cielo el castillo empinado sobre una enhiesta roca. Las nubes pasan sobre él desgarrándose en las pingorotas de sus torreones.

Entre los romeros va Maquetas. Marcha sudoroso y apresurado, mirando no más que al camino que tiene ante los ojos y al castillo de cuando en cuando. Va cantando una vieja canción arrastrada que en la infancia aprendió de su abuela, y la canta para no oír el rumor agorero del torrente que corre invisible en el fondo de la sima.

Al llegar a uno de los reposaderos, una doncella que está en él, sentada sobre un cuadro de césped, le llama.

—Maquetas, párate un poco y ven acá. Ven acá, a descansar a mi lado, de espalda al abismo, a que hablemos un poco. No hay como la palabra compartida en amor y compaña para darnos fuerzas en este viaje. Párate un poco aquí, conmigo. Después, refrescado y restaurado, reanudarás tu marcha.

—No puedo, muchacha —le contesta Maquetas, amenguando su marcha, pero sin cortarla del todo—, no puedo; el castillo está aún lejos, y tengo que llegar a él antes que el sol se ponga tras de sus torreones.

—Nada perderás con detenerte un rato, hombre, porque luego reanudarás con más brío y con nuevas fuerzas tu camino. ¿No estás cansado?

—Sí que lo estoy, muchacha.

—Pues párate un poco y descansa. Aquí tienes el césped por lecho, mi regazo por almohada. ¿Qué más quieres? Vamos, párate.

Y le abrió los brazos ofreciéndole el seno.

Maquetas se detiene un momento, y al detenerse llega a sus oídos la voz del torrente invisible que corre en el fondo de la sima. Se aparta del camino, se tiende en el césped y reclina la cabeza en el regazo de la muchacha, que, con sus manos rosadas y frescas, le enjuga el sudor de la frente, mientras él mira con los ojos al cielo de la mañana, un cielo joven como los ojos de la muchacha, que son jóvenes.

—¿Qué es eso que cantas, muchacha?

—No soy yo, es el agua que corre ahí abajo, a nuestra espalda.

—¿Y qué es lo que canta?

—Canta la canción del eterno descanso. Pero ahora descansa tú.

—¿No dices que es eterno?

—Ese que canta el torrente de la sima, sí; pero tú descansa.

—Y luego...

—Descansa, Maquetas, y no digas «luego».

La muchacha le da con sus labios un beso en los labios; siente Maquetas que el beso, derretido, se le derrama por el cuerpo todo, y con él su dulzura, como si el cielo todo se le vertiera encima. Pierde el sentido. Sueña que va cayendo sin fin por la insondable sima. Cuando se despierta y abre los ojos ve el cielo de la tarde.

—¡Ay, muchacha, qué tarde es! Ya no voy a tener tiempo de llegar al castillo. Déjame, déjame.

—Bueno, vete; que Dios te guíe y acompañe y no te olvides de mí, Maquetas.

—Dame un beso más.

—Tómalo, y que te sea fuerza.

Con el beso siente Maquetas que se le centuplican, y echa a correr, camino adelante, cantando al compás de sus pisadas. Y corre, corre, dejando atrás a otros romeros. Uno le grita al pasar:

—¡Tú pararás, Maquetas!

En esto ve que el sol empieza a ponerse tras los torreones del castillo, y el corazón de Maquetas siente frío. El incendio de la puesta dura un breve momento; se oye el rechinar de las cadenas del puente levadizo. Y Maquetas se dice: «Están cerrando el castillo.»

Empieza a caer la noche, una noche insondable. Al breve rato, Maquetas tiene que detenerse porque no ve nada, absolutamente nada; la negrura lo envuelve todo. Maquetas se para y se calla, y en lo insondable de las tinieblas sólo se oye el rumor de las aguas del torrente de la sima. Va espesándose el frío.

Maquetas se agacha, palpa con las manos arrecidas el camino y empieza a caminar a gatas, cautelosamente, como un raposo. Va evitando el abismo.

Y así camina mucho tiempo, mucho tiempo. Y se dice:

—¡Ay, aquella muchacha me engañó! ¿Por qué le hice caso?

El frío se hace horrible. Como una espada de mil filos, le penetra por todas partes. Maquetas no siente ya el contacto del suelo, no siente sus propias manos ni sus pies; está arrecido. Se para. O, mejor, no sabe si está parado o sigue andando a gatas.

Siéntase Maquetas, suspendido en medio de las tinieblas; negrura en todo alrededor. No oye más que el rumor incesante de las aguas del abismo.

—Voy a llamar —se dice Maquetas; y hace esfuerzo de dar la voz. Pero no se oye; la voz no le sale del pecho. Es como si se le hubiese helado.

Entonces, Maquetas piensa:

—¿Estaré muerto?

Y al ocurrírsele esto, siente como que las tinieblas y el frío se sueldan y eternizan en torno de él.

«¿Será esto la muerte? —prosigue pensando Maquetas—. ¿Tendré que vivir en adelante así, de pensamiento puro, de recuerdo? ¿Y el castillo? ¿Y el abismo? ¿Qué dicen estas aguas? ¡Qué sueño, qué enorme sueño! ¡Y no poder dormirme...! ¡Morir así, de sueño, poco a poco y sin cesar, y no poder dormirme...! Y ahora, ¿qué voy a hacer? ¿Qué haré mañana?

¿Mañana? ¿Qué es esto de mañana? ¿Qué quiere decir mañana? ¿Qué idea es esta de mañana que me viene del fondo de las tinieblas, de donde cantan esas aguas? ¡Mañana! ¡Ya no hay para mí mañana! Todo es ahora, todo es negrura y frío. Hasta este canto de las aguas eternas parece canto de hielo; es una sola nota prolongada.

¿Pero es que realmente me he muerto? ¡Cuánto tarda en amanecer! Pero ni sé el tiempo que ha pasado desde que el sol se puso tras los torreones del castillo...

Había hace tiempo —sigue pensando— un hombre que se llamaba Maquetas, gran caminante, que iba por jornadas a un castillo donde le esperaba una buena comida junto al fogón, y después de la comida, un buen lecho de descanso, y en el lecho, una buena compañera. Y allí, en el castillo, había de vivir días inacabables, oyendo historias sin término, solazándose con la mujer, en una juventud perpetua. Y esos sus días habrían de ser todos iguales y todos tranquilos. Y según pasaran, el olvido iría cayendo sobre ellos. Y todos aquellos días serían así un solo día eterno, un mismo día eternamente renovado, un hoy perpetuo rebosante de todo un infinito de ayeres y de todo un infinito de mañanas.

Y aquel Maquetas creía que eso era la vida, y echó a andar por su camino. E iba deteniéndose en las posadas, donde dormía, y al salir de nuevo el sol reanudaba él de nuevo su camino. Y una vez, al salir una mañana de una posada, se encontró a un anciano mendigo que estaba sentado sobre un tronco de árbol, a la puerta, y le dijo: "Maquetas, ¿qué sentido tienen las cosas?" Y aquel Maquetas le respondió, encogiéndose de hombros: "¿Y a mí qué me importa?" Y el anciano mendigo volvió a decirle: "Maquetas, ¿qué quiere decir este camino?" Y aquel Maquetas le respondió, ya algo enojado: "¿Y para qué me preguntas a mí lo que quiere decir el camino? ¿Lo sé yo acaso? ¿Lo sabe alguien? ¿O es que el camino quiere decir algo? ¡Déjame en paz, y quédate con Dios!" Y el anciano mendigo frunció las cejas y sonrió tristemente, mirando al suelo.

Y aquel Maquetas llegó luego a una región muy escabrosa y tuvo que atravesar una fiera serranía, por un sendero escarpado y cortado a pico sobre una sima en cuyo fondo cantaban las aguas de un torrente invisible. Y allí divisó a lo lejos el castillo adonde había que llegar antes de que se pusiese el sol, y al divisarlo le saltó de gozo el corazón en el pecho, y apresuró la marcha. Pero una muchacha, linda como un fantasma, le obligó a que se detuviera a descansar un rato sobre el césped, apoyando en su regazo la cabeza, y aquel Maquetas se detuvo. Y al despedirse le dio la muchacha un beso, el beso de la muerte, y al poco de ponerse el sol tras los torreones del castillo, aquel Maquetas se vio cercado por el frío y la oscuridad, y la oscuridad y el frío fueron espesándose y se fundieron en uno. Y se hizo un silencio del que sólo se libertaba el canto aquel de las aguas eternas del abismo, porque allí, en la vida, los sonidos, las voces, los cantos, los rumores surgían de un vago rumoreo, de una bruma sonora; pero aquí este canto manaba del profundo silencio, del silencio de la oscuridad y el frío, del silencio de la muerte.

¿De la muerte? De la muerte, sí, porque aquel Maquetas, el esforzado caminante, se murió.

¡Qué lindo es el cuento y qué triste! Es más lindo, mucho más lindo, más triste, mucho más triste que aquella vieja canción que me enseñó mi abuela. A ver, a ver, voy a repetírmelo otra vez...

Había hace tiempo un hombre que se llamaba Maquetas, gran caminante, que iba por jornadas a un castillo...»

Y Maquetas se repitió una, y otra, y otra, y otra vez el cuento de aquel Maquetas, y siguió repitiéndoselo, y así seguirá en tanto que sigan cantando las aguas del invisible torrente de la sima, y estas aguas cantarán siempre, siempre, siempre sin ayer y sin mañana siempre, siempre, siempre...

Salamanca, abril de 1909.

(Publicado en *Los Lunes de El Imparcial*, Madrid, 19 de abril, 1909.)

Unamuno pasa de la alegoría del río sumergido al mito del espectro del pasado como potencia influyente en el presente y, finalmente, llega al símbolo literario. En vez de analogía, Unamuno utiliza la fuerza creativa de la metáfora. La imagen misma está en movimiento; ya no tenemos un lenguaje estático que describe estructuras hechas. Ahora el lenguaje mismo está en movimiento, sin resolver; revela un sistema de tensiones en continuación.

Hay antecedentes importantes que el mismo Unamuno señala. Consideremos el libro IV de la *República,* de Platón, donde el alma se caracteriza como un estado de tensión debido a la atracción de la razón opuesta por el deseo. En este lugar, Platón introduce el concepto de ánimo o coraje como una potencia del alma en tensión. Si se une al deseo se transforma en furia; al contrario, si se alía a la razón se transforma en indignación, pero en su estado perfecto está en tensión entre los dos opuestos y es valor, ánimo o coraje. Esta idea del alma es un antecedente directo de la dialéctica abierta de Unamuno.

Otro eco que recoge Unamuno es el de Pascal. En el fragmento 72 escribe: «Porque a fin de cuentas, ¿qué es el hombre en la naturaleza? Una nada frente al infinito, un todo frente a la nada, un medio entre nada y todo.» Unamuno amplía el concepto pascaliano situando al hombre como principio y fin de la filosofía por medio de perspectivas de metafísica, antropología y estética. La metafísica sitúa la existencia como el devenir entre el no ser y el ser. La antropología pone al hombre en un estado consciente inestable y frágil entre su principio y fin. ¿Y la estética? Debemos detenernos para explicar la hipótesis de la estética de Unamuno.

La premisa de la estética de Unamuno es la recepción del lector, oyente o perceptor. Unamuno insiste en que toda recepción se forma de una manera insuperable del punto de vista del receptor. Es decir, siempre se recibe el objeto percibido o leído de una manera unilateral y nunca simultáneamente. Por ejemplo, veo un lado del árbol y no todo el árbol; concibo un personaje de acuerdo con mis conocimientos de algunos detalles y no de un modo universal. Por consiguiente, el árbol visto o el personaje de la novela se comprenden debido a una visión parcial y limitada que pasa a ser una supuesta unidad de la serie de perspectivas que el individuo supone admisibles. Así, se puede dar vuelta al árbol y se puede descubrir que es diferente del que se había figurado, pero esto no quita que la sucesión de percepciones sucede una tras otra y el conjunto es figurado de nuevo, alterando la primera percepción. Lo mismo ocurre en el caso del personaje literario, pues en el primer encuentro el lector puede formar una idea errónea que al pasar las páginas se altera, hasta crear el conjunto con el que le identificamos. Obviamente, se da prioridad al objeto que se percibe o lee, pero lo significativo es señalar la unidad movible del perceptor como el punto de vista esencial. En otras palabras, en esta filosofía la atención no se da al árbol, sino al perceptor; no al texto, sino al lector del texto. Al aceptar las limitaciones del receptor, también se acepta la pluralidad de perspectivas independientes de la propia. La estética de Unamuno tiene una fuerza unificadora y común para todos dentro del pluralismo de los receptores individuales. El hombre, al nacer, entra en un mundo creado por el lenguaje que no sólo precede al individuo, sino que le envuelve completamente. Unamuno plantea el factor lenguaje en una dialéctica de significar y de percibir, es decir, una dialéctica universal del decir y del ver.

El lenguaje para Unamuno transmite no la visión misma del objeto, sino su alcance. Cada oyente o lector del lenguaje tiene que rellenar los huecos de la palabra escrita, pero este complemento del lector viene del punto de vista del lector y no del escritor; el lector completa lo que falta basándose en su propia experiencia y su imaginación.

Finalmente, comprendamos el papel extraordinario que Unamuno da al sentimiento. Para Unamuno, el sentimiento es la potencia máxima unificadora opuesta a la razón, igualmente universal, cuya función es distinguir y separar. El sentimiento lleva al individuo a identificarse con su familia, su pueblo, su nación y, por encima de todo, con sí mismo. Sabido es que toda la fuerza de la razón se opone al mundo del yo. Su meta es establecer los rasgos distintivos de los objetos, y, por tanto, se basa en la separación e instalación de la multiplicidad del mundo. Pero este conflicto entre el sentimiento y la razón no es fenómeno exterior, pues tiene su origen en el fondo constitutivo del hombre.

El objeto es síntesis de la percepción de su nombre y de la expresión que lo ha nombrado y la recepción que lo ha entendido. Pero, en contraste, el yo está en conflicto. Unamuno, en su filosofía del conocimiento, señala muy claramente al objeto como síntesis, pero igualmente insiste en la realidad conflictiva de la subjetividad. Para Unamuno, el conflicto íntimo es el de dos aspiraciones opuestas: por una parte, tener la integridad orgánica del cuerpo y de sus sensibilidades del presente, y de la otra parte, la aspiración que añora la totalidad y la inmortalidad. Para Unamuno, la realidad del yo es lucha y la realidad del mundo es una dialéctica de cambio, lo cual quiere decir que toda construcción imaginaria concebida desde el punto de vista del lector es una síntesis del momento expuesta a los cambios dentro del individuo y seguramente dentro del diálogo con otro punto de vista.

Resumamos. La experiencia como movimiento se expresa en términos dialécticos con ecos de Hegel. La concepción de la experiencia para Hegel es movimiento dialéctico que va del sujeto al objeto y viceversa, y en este ir y venir teje la trama misma de la realidad (véase *Niebla,* en *Obras Completas,* II, 578). Para Unamuno, el movimiento es un regreso continuo al ser. El pensamiento de Unamuno plantea la idea de que la intuición de la perspectiva integral es condición previa de toda inteligibilidad. La experiencia que este movimiento constituye es esta perspectiva como intuición conjugadora del ser. El concepto del *ser* en la obra de Unamuno designa un sentido estructural unitario que se realiza bajo distintas perspectivas. *Ser* abarca todo lo que es. El hombre es el proyector de las perspectivas singulares de los entes, pero, trágicamente, en su verdad última queda despojado de su función creadora y terriblemente reducido a una morada del ser, pues el hombre de carne y hueso morirá y morirá del todo.

2

Esquema de una filosofía

Miguel de Unamuno fue en vida el agitador de la conciencia española; por importante que fuera este papel para sus coetáneos, Unamuno es, cuarenta años después de su muerte, un gigante del pensamiento moderno debido no a su postura sociocultural, un tanto exagerada, sino a su obra escrita. La obra de Unamuno, como la de Joyce o Proust, es ante todo una fuente, un surtidor, de la literatura actual.

La cultura hispánica parte de la lengua compartida y cobra unidad y fuerza porque coexisten las obras de Unamuno, Ortega y Gasset, Neruda, Paz, etc. En conjunto, ofrecen una riqueza de variantes marcadas que cobran identidad en el lector hispánico. Poco importa que no se conozca bien la obra de Unamuno fuera del mundo hispánico. La obra del escritor genial fuera de su cultura puede convertirse en una moda más del desfile internacional. La obra de Unamuno nunca estará de moda y siempre será actualidad intelectual, porque ya se ha asimilado en el pensamiento de esa colectividad que es el lector hispánico.

En nuestra época de sobre-especialización, los términos filosofía y filósofo han sufrido una deformación restrictiva. El hombre que profesa una filosofía se encuentra hoy día muy distanciado del especialista académico. Por consiguiente, se le ha negado a don Miguel de Unamuno —especialmente en España— su lugar en la historia de los hombres que han creado obra filosófica. Unamuno se consideró a sí mismo poeta, es decir,

34

creador, pero, en el sentido más genuino del término, fue filósofo, y nos ha dejado una antropología filosófica en sus ensayos y en sus novelas.

Entre 1895, año de la publicación de *En torno al casticismo,* y 1930, año en que terminó *San Manuel Bueno, mártir,* Unamuno tomó tres perspectivas filosóficas distintas, pero íntimamente relacionadas y progresivamente desarrolladas. Es notable que a pesar de las diferencias de tópico y en el estilo adoptado por Unamuno, en cada caso expresó su concepto filosófico en una dialéctica abierta de oposiciones. Unamuno encuentra la estructura lógica de la dialéctica como método de investigación. Este método consiste en formular la encuesta en términos de conceptos contradictorios que mutuamente se excluyen y cuya relación, por tanto, es de mutua dependencia opositora.

El método dialéctico de Unamuno dramatiza el pensamiento básico de la filosofía agónica, ya que el ser es esencialmente un fenómeno «en-lucha». Claro está que no hablamos de un sistema filosófico como se ha entendido este término desde la obra de los idealistas alemanes, pero sí queremos hacer hincapié en que se trata de una filosofía que primordialmente atañe a la realidad vista como energía en marcha y sin fin. Implícitamente, en este acercamiento ya está presente una profunda y original penetración de lo real en términos del ser-en-lucha.

Esta filosofía tiene tres etapas que ya hemos señalado como perspectivas. Estas perspectivas no son contra-resoluciones del mismo problema, sino manifestaciones complementarias de la problemática ontológica de la realidad en dimensiones de: 1) ser-en-lucha, 2) ser-en-el-mundo y 3) ser-de-la-obra-en-el-mundo. Entendamos que la segunda y la tercera perspectiva filosófica son el desarrollo de la formulación inicial del ser como ser-en-lucha.

El ser es inconcebible en términos estáticos; el término *ser* puede cobrar su sentido real sólo expuesto como ser-en-lucha, lo cual señala un esfuerzo constante para continuar siendo; por consiguiente, el ser se mantiene como ser-en-lucha por una negación persistente del no-ser. El ser, desde la perspectiva del yo personal, se expresa como ser-en-el-mundo; aquí, la oposición, que es el signo fundamental de la realidad, se expresa en un constante debatirse con la muerte. El obrar del yo, es decir, la actividad que caracteriza al ser-en-el-mundo, forma una perspectiva distintiva, ya que tiene una existencia independiente de su creador, y también tiene el potencial de mantenerse en tensión por sucesivas recreaciones del otro yo.

Repasemos las perspectivas como problemas filosóficos antes de trazar el desarrollo cronológico en la obra de Unamuno. La primera perspectiva es la del problema metafísico de la totalidad de la existencia. Cuando Unamuno se ocupa de este problema se lanza hacia la búsqueda de la realidad dramáticamente, rechazando la razón y haciendo notable su dependencia en la intuición que denomina el sentimiento; pero es imprescindible tener en cuenta que por debajo de esta postura, un tanto notoria, está un profundo conocimiento del pensamiento religioso-filosófico de Harnack, de los conceptos metafísicos de Platón y de la lógica de Hegel. Estos sistemas forman el substrato de esta búsqueda por medio del sentimiento. La cumbre lograda en *En torno al casticismo* (1895) es la de una perspectiva de la realidad como un flujo siempre cambiante. Es un devenir en proyección, en una continuidad que metafóricamente se caracteriza por palabras como *flujo continuo y unido*. Se distingue fundamentalmente del tiempo humano, brote necesario de la razón, que concibe la realidad como una serie de fragmentos hilvanados. Esta primera perspectiva se formula en estos términos: *a)* la corriente del movimiento, que es la realidad, está continuamente produciéndose, y *b)* la afirmación de la totalidad es una constante oposición al no-ser. Ya que en esta perspectiva no se considera a la conciencia personal, no hay punto de vista; hay únicamente una interrelación —la

totalidad de la existencia, el ser mismo definido vital-
mente como ser-en-lucha. Metafóricamente, se expresa esta totalidad como una corriente eterna de lucha.
Está el ser «en-lucha» porque como existencia siempre
está reconquistando su ser. En esta perspectiva, la filosofía agónica se presenta como el designio dialéctico del
ser-en-lucha que es la consideración de la existencia
como una constante afirmación del ser y negación del
no-ser. El parentesco de esta perspectiva unamuniana
con la obra de Bergson se señala más con el acercamiento vitalista y el rechazo de la razón como distorsión
de la realidad en favor de la intuición.

La segunda perspectiva de Unamuno tiene como punto
de partida al yo concreto e individual que está-ahí-en-
el-mundo. Aquí dejamos la investigación tradicional de
la esencia de la existencia y entramos en la consideración
del ser por medio del yo, cuya existencia se investiga
como precedente de toda esencia. Esta perspectiva se explica con las siguientes consideraciones: a) La continuación
de la existencia para el yo es el esfuerzo del querer-ser; la
fuerza de la voluntad del yo es la fuerza vital de su
proyecto, de modo que no hay diferencia entre ser-en-el-
mundo y el concepto cotidiano que se expresa como
«querer ser». El yo existe aislado en su devenir, pero
dependiente del otro como hacedor de su coexistencia
continua. He aquí la raíz de la agonía del yo aislado y a
la vez dependiente de su prójimo. b) La existencia del yo
es la incesable reconquista de su ser frente a la amenaza
del no-ser. Esta perspectiva es la de la lucha del yo ante
su muerte.

Todo yo, sabiéndolo o no, va hacia la muerte propul-
sado en su proyecto por su querer-ser, fuente de conciencia que caracteriza al yo en su existencia. Puede que
el yo radique en un estado no auténtico y, por tanto, no
reconozca a la muerte como su muerte, como el fin
venidero que en sí es la posibilidad de un anonada-
miento. Por consiguiente, el yo no auténtico no está
consciente de que él, en conjunto con sus otros yo, es el

hacedor de su proyecto. Hasta que el yo llegue al conocimiento de la lucha contra su muerte como su realidad no logrará un estado auténtico de existencia. La realización del aislamiento radical sin mitigación por el yo no solamente produce la conciencia de responsabilidad como hacedor de su futuro, sino que también trae consigo un sentido de responsabilidad hacia sus otros yo con quien coexiste y de quien cobra su estado de ser-en-el-mundo.

El yo se siente comprometido con su mundo y la relación agónica se realiza a través de su esfuerzo por personalizarlo, por serlo todo, por ser el otro y a la vez no perder la identidad de su yo. El proceder filosófico de esta perspectiva difiere también de la primera perspectiva, en que se suprime la intuición de ésa en favor de un conocimiento fenomenológico. Esta penetración de la realidad es el encuentro de la conciencia a través del yo con su orbe que resulta del fenómeno del ser-en-el-mundo. El yo que logra plena conciencia de estas interrelaciones logra a la vez un sentido de responsabilidad basado en su aislamiento como el hacedor.

Es en esta perspectiva como se puede considerar a Unamuno como uno de los existencialistas del siglo XX. Aquí se plantea el problema de la realidad desde el punto de vista del yo personal en su mundo, completamente aislado por la muerte y completamente dependiente del otro por la vida. Su existencia —su yo— precede a su esencia —su mundo—, pero cobra conciencia sólo como ser-en-el-mundo. La vida del yo es un desnacer que le lleva a la muerte. El desnacer es la lucha por la vida, que es su destino. El conocimiento de esta situación es lo que Unamuno llama «el sentimiento trágico de la vida».

La tercera perspectiva no se enfrenta con el concepto de la totalidad ni con el yo en su sentido ecuménico, sino con la realidad del obrar del yo. Esta es la órbita de ideas, tradiciones y memorias que existe en la conciencia de los hombres como comunidad; es, en su sentido esencial, la conciencia del trabajo del hombre y su recuerdo colectivo, que es la historia. Hay también un olvido colectivo que de vez en cuando la conciencia penetra, y es lo que Unamuno llama la «intrahistoria».

Primordialmente, esta perspectiva considera ese aspecto del trabajo del hombre que comprende el pensamiento del yo transmitido al otro y re-creado por el otro —el texto, la obra de arte, la construcción con cierta permanencia, etc. Por supuesto, mucho de lo que ha hecho el hombre está destinado a perderse, es decir, a no quedar dentro de la memoria colectiva; por consiguiente, hay una relación continua de interacción entre historia e intrahistoria. Ahora bien, esas obras del hombre que están dentro de la historia y están disponibles existen por su propia cuenta y no meramente como residuo de su existencia. Existe entonces la posibilidad de que la experiencia personal del yo creador sea leída o percibida por otros y, por tanto, cobre de nuevo vida y pujanza. Esta realidad colectiva se mantiene por el yo personal dentro de su tradición colectiva de lengua y cultura. Esta tercera perspectiva se puede describir así: *a*) Debido al esfuerzo del otro, las obras de algunos yo pensantes cobran vida propia, de la que se nutre la colectividad de lengua y cultura. *b*) La colectividad cultural está en flujo y el trabajo del hombre está siempre situado entre la historia y la intrahistoria. Claro está que el texto escrito tiene un papel primordial en esta perspectiva del trabajo, cuya existencia realiza el esfuerzo de la segunda perspectiva del yo que busca serlo todo y aun mantener su identidad única.

Pasemos ahora a considerar el desarrollo de esta filosofía en los escritos de don Miguel. Tengamos en cuenta que el pensamiento unamuniano se cubre constantemente con la metáfora. Años de depuración ligan la intuición metafórica y el substrato de metafísica y de lógica que ha acumulado Unamuno. Esta filosofía tiene su expresión más nítida en las obras creativas de Unamuno, aunque nosotros, los lectores, necesitamos los ensayos filosóficos como guía de esta poesía-filosofía. Las cumbres de este pensamiento se encuentran en los tres máximos ensayos filosóficos de Unamuno, que serán nuestra guía: *En torno al casticismo,* de 1895; *Del sentimiento trágico de la vida,* de 1912, y *La agonía del cristianismo,* de 1925.

En torno al casticismo es la primera y más extensa presentación por Unamuno de su concepto de la intra-historia con las aportaciones a la tradición del hombre común y a la historia. Pero, además, Unamuno desarrolla aquí la idea metafísica de temporalidad como un flujo y reflujo siempre cambiante y continuo. Escribe: *Pero lo que pasa queda, porque hay algo que sirve de sustento al perpetuo flujo de las cosas* (I, 792)*.

La continuidad del devenir ya está bien marcada aquí como la temporalidad en sí, pero Unamuno todavía no llega al corazón del problema, lo que señala como «algo que sirve de sustento». Unamuno sigue adelante su exposición: *Un momento es el producto de una serie, serie que lleva en sí, pero no es el mundo un caleidoscopio* (I, 792). Un momento contiene en sí su participación en una serie porque su significado como orden se debe enteramente a la suposición de la serie. Momentos fuera de la serie no serían más que fragmentos de un caleidoscopio; es decir, caos.

Unamuno, como Heidegger o Ricoeur, reconoce la importancia filosófica de la metáfora. Se acoge a la fuerza creativa de la expresión metafórica como un instrumento filosófico que no tiene igual en el discurso descriptivo. En busca de ese «algo que sirve de sustento», Unamuno crea metafóricamente un símbolo de la realidad:

> Las olas de la historia, con su rumor y su espuma que reverbera al sol, ruedan sobre un mar continuo, hondo,

---

* Todas las citas de la obra de Unamuno están tomadas de las *Obras Completas* (Madrid, Escelicer, 1967), preparadas y dirigidas por Manuel García Blanco.

inmensamente más hondo que la capa que ondula sobre un mar silencioso y a cuyo último fondo no llega el sol. Todo lo que cuentan a diario los periódicos, la historia toda del «presente momento histórico», no es sino la superficie del mar, una superficie que se hiela y cristaliza en los libros y registros, y una vez cristalizada así, una capa dura, no mayor con respecto a la vida intrahistórica que esta pobre corteza en que vivimos con relación al inmenso foco ardiente que lleva dentro (I, 793).

Así, con estas palabras, empieza a formarse la metáfora de la totalidad impersonal que Unamuno nunca perderá. Tengamos en cuenta que el lago de *San Manuel Bueno, mártir* deriva de este mar intrahistórico. En esta metáfora, la superficie del mar es el momento contemporáneo que el hombre está viviendo y que puede pasar como la totalidad, sin darse cuenta de la profundidad del mar, que es el sustento de esta superficie de la actualidad. Para Unamuno, esta visión de la superficie —real en sí como parte de la totalidad— puede convertirse en la falsificación de la realidad, ya que la superficie depende de la profundidad, así como la profundidad se realiza en la superficie. La falsedad brota del esfuerzo racional de separar a la profundidad de la superficie y llamarla historia o, al contrario, separar la superficie de la profundidad y llamarla noticia de actualidad. Al aislarlo, el hombre hiela y cristaliza la realidad con el resultado de una abstracción que puede ser lógica, pero no real. Unamuno continúa: *Una ola no es otra agua que otra, es la misma ondulación que corre por el mismo mar* (I, 793). La totalidad siempre cambiante del mar señala metafóricamente la totalidad metafísica de ser-en-lucha. La actualidad, como marea que sube con su oleaje constante, manifiesta la actualidad del ser y del no-ser:

En este fondo del mar, debajo de la historia, es donde vive la verdadera tradición, la eterna, en el presente, no en el pasado, muerto para siempre y enterrado en cosas muertas. En el fondo del presente hay que buscar la tradición eterna, en las entrañas del mar, no en los témpanos del pasado, que al querer darles vida se derriten, revertiendo sus aguas al mar. Así como la tradición es la sustancia de la historia, la eternidad lo es del tiempo, la historia es la forma de la tradición como el tiempo la de la eternidad (I, 794).

El concepto de la realidad que inicia aquí Unamuno es el del eterno flujo que no permite reducirse a las abstracciones racionales. La metáfora del mar capta la intuición de la totalidad que tiene antecedentes en la filosofía presocrática, notablemente en el pensamiento de Heráclito. Estos conceptos de Unamuno, en parte, anticipan el *élan vital* de Henri Bergson con su visión del tiempo como un venir eterno. La diferencia notable es que Bergson ha formulado una interpretación biológica del proceso de la evolución, mientras que Unamuno desarrolla su pensamiento a través de la tradición como base de la historia. En el primer contacto que tuvo Unamuno con la obra de Bergson —su lectura de *L'evolution créatrice*— reconoció el íntimo parentesco que los dos tenían en su visión de la realidad.

Esta perspectiva del ser-en-lucha es la fundamental del pensamiento de Unamuno. Como ya se ha dicho, Unamuno, junto con Bergson, rechaza la superioridad del método analítico en favor de un conocimiento directo. Para Unamuno, este conocimiento directo será el principio de la perspectiva fenomenológica con antecedentes directos en la *Fenomenología del espíritu* de Hegel y con paralelos a la obra de Heidegger. Ahora bien, en Unamuno esta intuición es, por un lado, conciencia del objeto y, por otro, conciencia de sí mismo por el yo consciente. Es decir, la base del conocimiento es la conciencia de aquello que para él es la verdad y la conciencia de saberlo. Ambas son una experiencia unitaria que brota del encuentro con el mundo. Así podemos decir que para Unamuno la esencia de lo real se funda en la intuición de la perspectiva integral, que es condición previa de toda inteligibilidad. Sin embargo, cuando Unamuno usa el lenguaje discursivo para ampliar y desarrollar la metáfora del mar, por necesidad tiene que recurrir a la lógica de la gramática de la misma lengua. La intuición de este espíritu poético da la penetración inicial que ya hemos recorrido en la metáfora del mar, pero es una incongruencia desconcertante para el lector ver una intuición presentada en términos dialécticos.

Cuando señalamos que el flujo eterno es concebido por Unamuno como un estado de lucha queremos decir que la permanencia del mismo es la fuerza del ser y el no-ser en oposición. De ningún modo debe entenderse por esta lucha que hay dos entidades puestas en oposición. Unamuno es ante todo realista y nunca propondría tales abstracciones. El eje de esta filosofía se expresa en términos concretos y realistas para dar a conocer que la realidad es un esfuerzo, una lucha, un trabajo, y este lenguaje dialéctico es la exposición del ser. Lo creativo existe por lo destructivo —cada uno siendo la garantía del otro—, y esta acción del existir es el ser; está creándose y destruyéndose en un eterno subir.

En *Del sentimiento trágico de la vida,* Unamuno siguió exponiendo la base de esta filosofía, que hemos llamado la primera perspectiva:

> Es una cosa terrible la inteligencia. Tiende a la muerte como a la estabilidad la memoria. Lo vivo, lo que es absolutamente inestable, lo absolutamente individual, es, en rigor, ininteligible. La lógica tira a reducirlo todo a entidades y a géneros... La identidad, que es la muerte, es la aspiración del intelecto. La mente busca lo muerto, pues lo vivo se le escapa; quiere cuajar en témpanos la corriente fugitiva, quiere fijarla... Para comprender algo, hay que matarlo, enrigidecerlo en la mente. La ciencia es un cementerio de ideas muertas, aunque de ellas salga vida (VII, 162).

La segunda perspectiva se formula en los años precedentes a *Del sentimiento trágico de la vida,* y en esta obra se logra su expresión más completa. Esta perspectiva toma un curso nuevo sin reemplazar la primera. Es notable aquí la ausencia de toda consideración tradicional de la esencia. Esta investigación supone la existencia ante toda otra consideración. La realidad de la existencia del yo ahí-en-el-mundo es la base de la perspectiva.

Examinemos esta dimensión filosófica de índole tan radical tal como la presentó don Miguel en 1912. En el capítulo titulado «El punto de partida» de *Del sentimiento trágico de la vida,* Unamuno se opone a la obra de Descartes con estas palabras:

> Lo malo del discurso del método de Descartes no es la duda previa metódica; no es que empezara queriendo dudar de todo, lo cual no es más que un mero artificio; es que quiso empezar prescindiendo de sí mismo, del Descartes, del hombre real, de carne y hueso, del que no quiere morirse, para ser un mero pensador, esto es, una abstracción... La verdad es *sum, ergo cogito,* soy, luego pienso (VII, 129, 130).

Por consiguiente, si la existencia del yo precede a toda su esencialidad, incluyendo su deliberación racional, el yo es el hacedor de su destino.

Existir es el hecho de ser ahí-en-el-mundo. Lo principal aquí es reconocer que esta existencia es de contingencia, no de necesidad. Esta es la condición aterrorizadora en que se encuentra el yo y de la cual se trata de escapar con la fe en un ser causante. Pero si esta fe se pierde, el yo se ve obligado a buscar otra salida y, por fin, a mirarse a sí mismo y luego a su mundo. Esto es lo que Unamuno ha llamado «en el fondo del abismo», y para poder vivir de esta agonía, el yo llega a tener el sentimiento trágico de la vida:

Ni, pues, el anhelo vital de inmortalidad humana halla confirmación racional, ni tampoco la razón nos da aliciente y consuelo de vida y verdadera finalidad a ésta. Mas he aquí que en el fondo del abismo se encuentran la desesperación sentimental y volitiva y el escepticismo racional frente a frente, y se abrazan como hermanos...

La paz entre estas dos potencias (la razón y el sentimiento) se hace imposible, y hay que vivir de su guerra. Y hacer de ésta, de la guerra misma, condiciones de nuestra vida espiritual (VII, 172).

El hombre individual, el de carne y hueso, el yo que siente y sufre, y sobre todo muere, es el eje de esta perspectiva. La existencia es la lucha del ser contra el no-ser, que, en términos del yo, quiere decir vida y muerte. La contingencia de la muerte transforma a algunos yo, haciéndoles reflejar, dudar y buscar el sentido de la vida. Estos hombres, al principio, se encuentran solos, sin apoyo alguno, en el abismo de la posible aniquilación, pero luego se reencuentran y comprenden que la lucha que les atormenta no es un medio, sino la existencia misma.

El yo llega así a estar consciente de su existencia y, por consiguiente, está consciente de que es el hacedor de su proyecto hacia la muerte. Este estado auténtico del yo es lo que Unamuno llama el sentimiento trágico de la vida. Veámoslo:

Quedémonos ahora en esta vehemente sospecha de que el ansia de no morir, el hambre de inmortalidad personal, el conato con que tendemos a persistir indefinidamente en nuestro ser propio..., eso es la base efectiva de todo conocer y el íntimo punto de partida personal de toda filosofía humana, fraguada por un hombre y para hombres...

Y este punto de partida personal y afectivo de toda filosofía y de toda religión es el sentimiento trágico de la vida (VII, 131).

Ahora bien, queda expuesta la base metafísica de esta filosofía del yo agónico, pero aún queda por examinar la aplicación práctica, es decir, la antropología existencial de Unamuno.

El yo personal y afectivo está en el mundo y lo conoce por medio de su querer-ser, que le da plena conciencia de ser ahí-en-el-mundo: «Existe, en efecto, para nosotros todo lo que, de una o de otra manera, necesitamos conocer para existir nosotros; la existencia objetiva es, en nuestro conocer, una dependencia de nuestra propia existencia personal» (VII, 123).

El análisis racional es una facultad secundaria y sociológica en su origen. Así lo explica don Miguel:

> Y si el individuo se mantiene por el instinto de conservación, la sociedad debe su ser y su mantenimiento al instinto de perpetuación de aquél. Y de este instinto, mejor dicho, de la sociedad, brota la razón. La razón, lo que llamamos tal, el conocimiento reflejo y reflexivo, el que distingue al hombre, es un producto social (VII, 124).

Sigue con claridad que si el yo busca conocer la realidad del ser —de su ser— que es el ser ahí-en-el-mundo, no puede llegar con la razón ni con la intuición inicial de la primera perspectiva de esta filosofía, sino que tendrá que desarrollar una conciencia fenomenológica que ya hemos denominado el sentimiento trágico. Este desarrollo empieza con estar consciente de la posibilidad inminente que puede ser el fin de todas las posibilidades: la muerte. El hombre de carne y hueso que tiene el sentimiento trágico se siente comprometido con su mundo que existe por él y está amenazado por su muerte, la muerte del yo personal. Este estado auténtico del yo se convierte en una inmensa interrelación de todo el mundo material y espiritual con el yo que lo personaliza todo.

El yo auténtico logra este estado de personalización al mirar a su alrededor, en una reconsideración de las relaciones vitales que comparte con su mundo y con los otros yo. Este yo ha logrado estar consciente de su posición primordial como eje de su universo. Como hacedor de esta red de relaciones, se siente con responsabilidad por la pesonalización de todo, por serlo todo. «Y si doloroso es tener que dejar de ser un día, más doloroso sería, acaso, seguir siendo siempre uno mismo, y no más que uno mismo, sin poder ser a la vez otro, sin poder ser a la vez todo lo demás, sin poder serlo todo» (VII, 191). Entendamos bien que el «serlo todo» de Unamuno es el estado auténtico del yo resultante de vivir con y del sentimiento trágico de la vida.

> Si miras al Universo lo más cerca y lo más dentro que puedes mirarlo, que es en ti mismo; si sientes y no ya sólo contemplas las cosas todas en tu conciencia, donde todas ellas han dejado su dolorosa huella, llegarás al hondón del tedio, no ya de la vida, sino de algo más: al tedio de la existencia, al pozo de la vanidad de vanidades. Y así es como llegarás a compadecerlo todo, al amor universal (VII, 191).

En los párrafos siguientes, la antropología, lentamente, toma su forma de autoconocimiento para el yo de su situación como ser ahí-en-el-mundo. «Para amarlo todo, para compadecerlo todo, humano y extrahumano, viviente y no viviente, es menester que lo sientas todo dentro de ti mismo, que lo personalices todo» (VII, 191).

El mundo, el otro, o aun el yo en aislamiento, es una abstracción racional. La realidad del ser solamente puede ser conocida por el yo en términos de su ser, y estos términos son los de la red de relaciones que ya hemos llamado el ser ahí-en-el-mundo. El esfuerzo que mantiene esta existencia está en el corazón de la malla y es el querer ser. Veamos cómo emana de esta fuente del yo el esfuerzo de ser.

El amor personaliza cuanto ama. Sólo cabe enamorarse de una idea personalizándola. Y cuando el amor es tan grande y tan vivo, y tan fuerte y desbordante que lo ama todo, entonces lo personaliza todo y descubre que el total Todo, que el Universo es Persona también que tiene una Conciencia, Conciencia que a su vez sufre, compadece y ama, es decir, es conciencia. Y a esta Conciencia del Universo, que el amor descubre personalizando cuanto ama, es a lo que llamanos Dios (VII, 192).

Solamente el yo auténtico que personaliza su condición completa en su mundo llega a crear esta máxima conciencia de compromiso que es el Dios de Unamuno. Concluye este pensamiento con este párrafo: «Dios es, pues, la personalización del Todo, es la Conciencia eterna e infinita del Universo, Conciencia presa de la materia, y luchando por libertarse de ella. Personalizamos al Todo para salvarnos de la nada» (VII, 192). El deseo de serlo todo es el espíritu de personalización que tiene que vencer al materialismo despersonalizado. Este esfuerzo de personalización produce una reconsideración personal y auténtica del mundo.

Este nuevo encuentro del yo con su universo transforma todas sus relaciones. Los otros que están ahí y las cosas que se ven cambian en su condición frente al yo, llegando a tener un nuevo valor, llegando a ser parte del yo; es decir, cada cosa tendrá su valor en relación con el yo y cada otro yo será único e insustituible. Unamuno considera el estado auténtico como el resultado del contacto con la realidad que para el yo es el ser ahí-en-el-mundo, una lucha contra la muerte. El obrar del yo auténtico presenta la más alta moral. Unamuno escribe:

Podemos formularla así: obra de modo que merezcas a tu propio juicio y a juicio de los demás la eternidad, que te hagas insustituible, que no merezcas morir. O tal vez así: obra como si hubieses de morirte mañana, pero para sobrevivir y eternizarte. El fin de la moral es dar finalidad humana, personal, al Universo; descubrir la que tenga —si es que la tiene— y descubrirla obrando...

Cada hombre es, en efecto, único e insustituible; otro yo no puede darse; cada uno de nosotros —nuestra alma, no nuestra vida— vale por el Universo todo (VII, 264, 267).

Unamuno lleva su filosofía a la consideración auténtica de la sociedad y con ésta llegamos al Dios unamuniano.

El sentimiento de solidaridad parte de mí mismo; como soy sociedad, necesito adueñarme de la sociedad humana; como soy un producto social, tengo que socializarme, y de mí voy a Dios —que soy yo proyectado al Todo— y de Dios a cada uno de mis prójimos (VII, 273).

He aquí la exposición más directa y clara del origen existencial de Unamuno. Esta segunda perspectiva continuó como la segunda dirección, la filosofía del hombre, formando una parte esencial de su filosofía agónica hasta su muerte, en 1936.

Doce años después de *Del sentimiento trágico de la vida*, en 1924, Unamuno escribió en el exilio *La agonía del cristianismo*, donde expone la continuación de la segunda perspectiva. La base metafísica ya discutida está presente aquí también, aunque esta obra sea el punto de máximo enfoque para la tercera perspectiva. «Agoniza el que vive luchando, luchando contra la vida misma. Y contra la muerte. Es la jaculatoria de Santa Teresa de Jesús: "Muero porque no muero"» (VII, 308).

El yo tiene que luchar contra la vida misma y contra la muerte porque es un ser en agonía. La realidad es lucha y, por consiguiente, el yo está en debate hasta la muerte. Cada momento de su vida es el resultado del esfuerzo por mantenerse en su existencia. Adaptando las palabras de la mística española, Unamuno las emplea para exponer su credo filosófico: cuando llegue el momento en que el yo ya no esté muriendo y la vida y la muerte ya no estén íntimamente abrazadas en lucha es porque ha muerto —ya no es nada—, ha desaparecido el universo insustituible de un yo. Don Miguel lo afirma así: «Se habla de *struggle for life,* de lucha por la vida; pero esta lucha por la vida es la vida misma, la *life,* y es a la vez la lucha misma, la *struggle...* Sólo se pone uno en paz consigo mismo, como don Quijote, para morir» (VII, 309-310).

La tercera perspectiva considera la obra del yo no como la contribución anónima del hombre de la intrahistoria, sino como el trabajo del yo único. Los principios de esta perspectiva se empezaron a vislumbrar en la teoría de los niveles de personalidad, específicamente en la idea de que durante la vida del yo existe otro yo creado y mantenido de lo que los otros piensan de él. El yo da la posibilidad de este yo que otros creen que él es por su presencia y su personalidad, pero al morirse solamente queda memoria y obra. La memoria, lentamente, se desvanece, aunque el yo hubiera pasado a la historia. La obra del yo puede resistir más, pero rara vez tiene la potencia de re-crear la personalidad del yo si no es por la palabra. La palabra puede hurtar al olvido y re-crear al yo no como fue para sí mismo, pero sí un aspecto del complejo centro de un universo, es decir, un aspecto vital de un hombre de carne y hueso.

A través de las palabras escritas, un yo puede ser creado y recreado por otros yo sin limitaciones de su vida y, a la vez, puede contribuir a la formación del mundo de cada uno de los lectores. Este pensamiento tiene su expresión más profunda en *La agonía del cristianismo:*

> Y, por mi parte, me ha ocurrido muchas veces, al encontrarme en un escrito con un hombre, no con un filósofo, ni con un sabio o un pensador, al encontrarme

con un alma, no con una doctrina, decirme: «¡Pero éste
he sido yo!» Y he revivido con Pascal en su siglo y en su
ámbito, y he revivido con Kierkegaard en Copenhague, y
así con otros (VII, 314).

Esta participación de las palabras de un yo en la
formación del yo lector depende no solamente del esfuerzo del lector por recrear y personalizar, sino también
del valor auténtico de lo escrito. De ninguna manera se
implica que el yo personal y afectivo resucitará en otros
—esto fuera una abstracción al modo de don Fulgencio
Entreambosmares—, pero sí que puede dejar el eco de
su verdad, de su lucha, de su espíritu. El hombre carnal,
el que siente y sufre, es un cuerpo de muerte, y el otro, el
que vive en los demás —en la historia—, éste lleva en sí
las semillas de hacer a su recreador un mejor hombre, si
lo que se ha recreado tiene sus raíces en la verdad del
hombre.

El yo es divino para Unamuno, principalmente, porque tiene en su poder la posibilidad de proyectarse a su
todo, y este todo no se debe entender por las pobres
limitaciones físico-temporales del cuerpo humano. El yo
no tiene más límites que las que él se haga. Unamuno lo
expuso en estas palabras: «Héteme aquí ante estas páginas blancas, mi porvenir, tratando de derramar mi
vida a fin de continuar viviendo, de darme la vida, de
arrancarme a la muerte de cada instante» (VIII, 729).

La obra narrativa de Unamuno

Las novelas de Unamuno, en orden cronológico, son las siguientes: *Paz en la guerra* (1895), obra donde plantea la relación del *yo* con su mundo puntualizado por el conocimiento de la muerte; *Amor y pedagogía* (1902), que une a lo cómico y a lo trágico en una reducción a lo absurdo de la sociología positivista; *Niebla* (1914), novela clave de Unamuno, que él caracteriza con el nombre *nivola* para separarla de la supuesta forma fija de la novela. Entre *Amor y pedagogía* y *Niebla,* Unamuno publicó un libro de cuentos, *El espejo de la muerte* (1913), de valor desigual. En 1917 escribe *Abel Sánchez,* donde se recoge el tópico bíblico de Abel y Caín para presentar la anatomía de la envidia; *Tulio Montalbán* (1920) es una novela corta sobre el problema íntimo de la derrota de la personalidad verdadera por la imagen pública del mismo hombre. También en 1920 se publican tres novelas cortas con un prólogo de gran importancia; se titula, cervantinamente, *Tres novelas ejemplares y un prólogo.* La última narración extensa es *La tía Tula* (1921), donde se presenta el anhelo de maternidad ya esbozado en *Amor y pedagogía* y en *Dos madres. Teresa* (1924) es un cuadro narrativo que contiene rimas becquerianas, logrando en idea y en realidad la re-creación de la amada. *Cómo se hace una novela* (1927) es la autopsia de la novela unamuniana, ya que penetra tan profundamente en la imaginación creativa que carece de visión propia. En 1930, Unamuno escribe sus últimas novelas: *San Manuel Bueno, mártir* y

Don Sandalio, jugador de ajedrez, publicándose con dos relatos cortos en 1933. *San Manuel Bueno, mártir* es una novela corta que reúne todo el pensamiento unamuniano dentro de la metáfora básica de nuestro escritor: «lluvia en el lago». Ante la indiferencia y continuidad del lago siempre en acción hay la tragedia de la lluvia con su pérdida de singularidad.

Paz en la guerra (1895) es el primer paso decisivo que influirá todo lo que viene después en la narrativa de Unamuno. La obra más destacada de la generación anterior había buscado la realidad social a través de una serie de perspectivas individuales, o bien un panorama general personificando al lugar ambiente. En esta novela, Unamuno logra captar lo coexistente de una colectividad: la *intrahistoria*. Es decir, Unamuno parte de la premisa de que la realidad es caos heterogéneo y fragmentado donde el problema mayor es la incomunicabilidad. Todo sentido de orden es singular y, por tanto, está aislado de los otros. A pesar de este aislamiento radical, hay una colectividad que comprende la totalidad de las relaciones humanas. Esta colectividad es para Unamuno la lengua en que el ser humano está envuelto.

El pan de cada día, la lengua en que convive el grupo, la coexistencia en el sentido más radical, metafísico, de este término, es la materia de *Paz en la guerra.*

Técnicamente, Unamuno da una dimensión nueva a la temporalidad narrativa. La narración tradicional presenta un tiempo narrativo de acontecimientos en secuencia que de vez en cuando se puntualiza por el diálogo, abriendo una brecha afectiva dentro de la corriente temporal. Unamuno invierte este patrón de la novela. *Paz en la guerra* presenta el tiempo afectivo de una serie de personajes, y sólo en algunos momentos presenta la narración en un nivel de acontecimientos. Aquí no pasa nada y pasa todo. Unamuno utiliza una metáfora que será un símbolo metafísico. La voz narrativa describe la vida de Pedro Antonio: «Fluía su existencia como corriente de río manso, con rumor no oído y de que no se daría cuenta hasta que no se interrumpiera» (II, 95). Dentro de esta convivencia inconsciente, Unamuno planta al ser consciente rebelde: Pachico, ateo e individualista. Sin embargo, aun Pachico se nutre del calor humano que le ofrece la colectividad. Desde esta primera novela de Unamuno habrá una trayectoria de seres inconscientes al lado de los conocedores de la realidad trágica de la vida.

El rasgo distintivo de *Paz en la guerra* ha sido la creación de la narrativa de la *intrahistoria*. Unamuno utiliza detalles de la vida cotidiana de numerosos personajes cuya colectividad nos ofrece un conjunto de relaciones humanas y no el panorama de la novela histórica, ni tampoco el determinismo fabricado de una novela realista. Los personajes de *Paz en la guerra* presentan, desde la perspectiva de la colectividad, lo que después conoceremos íntimamente en *San Manuel Bueno, mártir,* que es una comunión a través del dogma secular.

> El cura de aldea, aldeano letrado, segundón de casería pasado de la laya al libro, recibe en su cabeza el depósito del dogma, y se encuentra al volver a su pueblo saludado con respeto por sus antiguos compañeros de bolos. Es un hermano y a la par el ministro de su Dios, hijo del pueblo y padre de las almas, ha salido de èntre ellos, de aquella casería del valle o de la montaña, y les trae la verdad eterna. Es el nudo del árbol aldeano, donde se concentra la savia de éste, el órgano de la conciencia común, que no impone la idea, sino que despierta la dormida en todos. Cuando les hablaba, bajaba desde el púlpito la palabra divina como una ducha de chorro fuerte sobre aquellas cabezas recias y consolidadas, recitábales en su lengua archisecular el dogma secular, y aquellas exhortaciones en el silencio de la concurrencia, eco vivo que las redoblaba, eran de efecto formidable (II, 142).

Amor y pedagogía (1902) es una obra de combate con la doble misión de salvar la narrativa del realismo de moda y, a la vez, extender la premisa metafísica unamuniana de que la realidad del hombre es hacerse. Ante un fracaso del protagonista, el joven Apolodoro Carrascal, don Fulgencio le riñe:

> —Bien, Apolodoro, bien, bien merecido lo tienes. Un fracaso, un completo fracaso. Eso no es nada. ¿Has querido ser artista? Bien merecido lo tienes. Porque no creas que he dejado de comprender que tu preocupación principal ha sido la forma, la factura, el estilo, ¡cosas de Menaguti! Allí aparece tu novia, hacia la mitad, pero es tu novia vista por ojos de Menaguti. Ni aun a tu novia has sabido ver por ti mismo. Bien, bien merecido. ¿Conque estilo, forma, eh? (II, 379).

Unamuno ha insistido en la unidad esencial de la expresión como fenómeno de creación y recreación. Por tanto, la separación de forma y contenido no puede ser más que una abstracción racional sin fundamento alguno en la realidad. La obra narrativa del llamado realismo de principios de siglo llega a cobrar una función que, según la estética de Unamuno, esconde o falsifica la realidad. *Amor y pedagogía* se vale de lo grotesco para hacer patente la unidad fundamental de la novela. La forma, la única forma en *Amor y pedagogía* es la distorsión grotesca de la trama tradicional del nacimiento, vida y muerte de un joven que promete ser genio según los planes pseudo-científicos de su padre —la forma— y la sustancia que presta su madre —la materia.

Partiendo de la premisa de que el problema inmediato del escritor es buscar las formas adecuadas que respondan no solamente al sentimiento subjetivo, sino que también lo produzcan en el lector, podemos afirmar que el escritor nunca descubre el sentido profundo de su mensaje en los modelos del mundo concreto, sino en sí mismo. Las cosas que el artista representa le sirven para perfeccionar su contenido preformado o para determinarlo, no para descubrirlo. Por tanto, el mundo interno de la narración ha sido construido, no reflejado con un espejo verbal del mundo concreto, ni representado para producir una copia más o menos capaz de sustituir el original. He aquí el punto fundamental: para expresar un sentido de incongruencia que resulte en una imagen grotesca no es suficiente crear un personaje o escena deforme en cuanto al mundo concreto, esto sólo da un tono de violencia; es necesario que por dentro de la misma construcción verbal exista la incongruencia fundamental que proyecte un choque entre dos órbitas de realidad del mismo mundo ficticio: lo aceptado y normal en contraste con lo deforme. Por consiguiente, hemos distinguido dos aspectos de la incongruencia en las narraciones de Unamuno: 1) La expresión de cierta violencia por medio de descripciones físico-temporales que en comparación con el mundo concreto resultan deformes. 2) Lo que a nuestro juicio forma lo auténticamente grotesco, que se crea dentro del mismo mundo ficticio donde se representan elementos en discordia fundamental.

La realidad superficial de *Amor y pedagogía* es una burla desenfrenada de la pedagogía positivista, en la cual encontramos el primer aspecto de la incongruencia con la realidad: una discordia entre el mundo caleidoscópico de la novela y nuestra realidad. Pero hay otro sentido profundo del mundo novelesco que también presenta la incongruencia, no ya como cierta violencia a nuestro sentido de la realidad, sino como un verdadero choque en el interior del mismo, resultando en una estruendosa expresión de lo grotesco. Esta realidad superficial de *Amor y pedagogía* es la de un mundo de caleidoscopio formado por individuos aislados, imágenes, sentimientos y olores incongruentes. Este mundo abochorna y reduce a Apolodoro Carrascal a un desequilibrio, haciéndole dimitir de la vida suicidándose. Todo este conjunto lleva un tono sarcástico y burlón.

Este mundo nunca pasa de ser una abstracción discordante de lo que reconocemos como el mundo concreto de personas y sus circunstancias. Apolodoro, penetrado hasta el tuétano por la incongruencia de su mundo, se siente frustrado en su búsqueda del éxito en la vida, ya sea como escritor o como novio. Se siente perseguido, inútil y fracasado por no haber podido lograr los únicos dos valores que su maestro le ha propuesto como posibilidades de la victoria sobre la muerte. La novia le hubiera dado una familia, y así, en los hijos podía ganar su inmortalidad, y la literatura le hubiera dado la fama para que su nombre fuera inmortal. Este mundo le marea, le causa vértigo y, por fin, le desequilibra.

Como personaje, Apolodoro es una sombra —no hay descripción— dolorosamente perdida en un laberinto. Su vida es una serie de tropiezos desde su concepción hasta su suicidio. Es un pobre conejillo experimental de la pedagogía positivista. Por tanto, la realidad superficial de la novela demuestra una burla cáustica del positivismo y del resultado de sus métodos que, al aplicarse a la vida, producen un mundo deformado, enajenado y a la vez cómico y trágico.

Apolodoro es un verdadero agonista que sufre una existencia grotesca. La agonía —es decir, la lucha— de Apolodoro da el sentido profundo de la incongruencia en el propio mundo ficticio. Apolodoro representa a seres contemporáneos que están solos, terriblemente solos entre la multitud. Lo grotesco es la incompatibilidad del ser con su ambiente. Unamuno no se enfrenta con este tema como el escritor de antaño lo hacía, viéndolo desde afuera, sino que se ha desplazado hacia el interior de la incompatibilidad misma, creando un mundo completamente desconcertante para causar una verdadera agonía en su hombre. Apolodoro, debido a su aislamiento radical, está sumergido en un mundo propio cuyos fenómenos se han convertido en objetos para un monólogo. Aquí hay una apropiación de los fenómenos humanos por un yo único, un agonista que tiene como punto de partida su propio ser, pero cuya formación espiritual es tan grotesca que no encuentra apoyo en su mundo; se siente absolutamente abandonado en un caleidoscopio vertiginoso.

El aislamiento de Apolodoro llega a su primera crisis: en su corazón siente un oleaje de cariño, de goce, de emoción; se ha enamorado de la bella Clarita, la hija de don Epifanio, su maestro de dibujo. El abismo entre el yo y su mundo se ha actualizado. Por primera vez en su existencia siente la necesidad de salir del yo para comunicarse con otro ser. Es decir, la fuerza dominante del *ser-se* en su aislamiento caleidoscópico siente la primera indicación del *querer-serlo-todo*. Este conflicto crece y absorbe todo el pensamiento del joven. La fuerza del *ser-se* insiste en la inmortalidad, pero la fuerza en oposición del *querer-serlo-todo* se convierte en el dulce sueño de dormirse para siempre en brazos de Clarita.

Este conflicto culmina en un estado desequilibrado con esta descripción: «...otras veces se le ocurre que está el mundo vacío y que son todos sombras, sombras sin sustancia, ni materia, ni cosa palpable, ni conciencia» (II, 338). Están todos los elementos del mundo caleidoscópico de Apolodoro presentes en esta pesadilla. Y crean la emoción del yo en completo y absoluto aislamiento como una mosca entrampada bajo un vaso de cristal transparente; es decir, puede ver el mundo exterior, pero no se puede comunicar. Esta es la tragedia de Apolodoro. Es una tragedia del yo angustiado entre querer ser él mismo para siempre y en el mismo acto serlo todo, es decir, sentir, amar y tener a todo el universo dentro de su yo. No ha podido lograrlo porque ha vencido la separación.

En 1914 regresa Unamuno a la narración con *Niebla* y usa nuevamente lo grotesco. Augusto Pérez, el personaje principal, como Apolodoro, tiene un mundo cerrado. Pero en vez de ser éste un caleidoscopio es, simbólicamente, un cenicero de una vida sin valores. Augusto vaga sin sentido, perdido en su circunstancia. Al tener que tomar una decisión sufre un vértigo causado por las impresiones de la circunstancia en que se encuentra.

Piensa que con el amor vencerá a la niebla que le oprime y encontrará la dimensión de su existencia, la de su yo, que vacila ante el mundo que le parece extraño y ajeno. Pero cuando más cree haberse encontrado sufre una desilusión tremenda. La novia le había usado para ganarse su propia seguridad económica y la de su novio verdadero. Augusto siente ser una rana a la merced del azar. Piensa dimitir de la vida, como lo había hecho su antecesor Apolodoro, pero interviene su creador, Unamuno, que lo impide haciéndole morir en su cama. Lo más importante para nuestro propósito es notar que Augusto empieza su existencia novelesca siendo un personaje grotesco que lleva una vida completamente incompatible con su ambiente. Pero llega a tener plena conciencia de su yo en relación a su mundo: «Yo soy un sueño y reconozco serlo.» He aquí el personaje ficticio que ha llegado a conocer su dimensión de existencia.

En *Niebla* predominan el diálogo y monólogo interior sobre la prosa descriptiva. La escena realista se elimina por completo. El primer párrafo nos presenta al personaje Augusto Pérez describiendo no su aspecto fisiológico, sino su postura extravagante, y nos introduce al ritmo del sí y el no, es decir, de la oposición dialéctica de los elementos descriptivos. Notemos la preparación que ofrece para el monólogo interior: «No era que tomaba posesión del mundo exterior, sino era que observaba si llovía... Y no era tampoco que le molestase la llovizna, sino el tener que abrir el paraguas» (II, 557). En seguida tenemos la observación personalísima de Augusto, que servirá como indicación simbólica de su personalidad a través de la primera parte de la novela: «¡Estaba tan elegante, tan esbelto, plegado y dentro de su funda! Un paraguas cerrado es tan elegante como es feo un paraguas abierto.»

El terreno psicológico ya está preparado y ahora continúa la obra con el monólogo interior. El paraguas concreto en la mano del personaje sirve como punto de partida para la divagación de la mente del esteta.

Después de otra indicación del narrador regresamos a la corriente de conciencia de Augusto, pero ahora ligando elementos de lo que va observando con su flujo de conciencia en una prosa marcada con el mismo ritmo de un paseante. Las cosas concretas aparecen espontáneamente en el momento que Augusto las observa, para luego divagar de ellas en una cadena de asociaciones completamente suya, casi como una especie literaria del examen Rorschach de la psiquiatría moderna: «Chiquillo tirado de bruces..., hormiga..., animal hipócrita..., pasear y no trabajar..., hombre que no tiene nada que hacer..., un vago como [yo]» (II, 557-8). La cadena regresa al observador y las asociaciones le acusan de lo que es, pero no estando preparado para aceptar tal juicio, empieza otra cadena de autojustificación. Ahora cae su mirada sobre un pobre paralítico a quien instintivamente califica de verdadero trabajador, ya que el mismo vivir, para éste es un esfuerzo. Al cruzarse con el paralítico le saluda y, no completamente consciente, reconoce su propia parálisis de voluntad, a la cual no se enfrenta. He aquí el segundo símbolo del personaje. Augusto sigue divagando y a la vez actuando en su capacidad de hombre que pasea. Abruptamente termina el monólogo interior cuando ve que ha llegado inconscientemente al final de su paseo frente a la casa de la muchacha, que ha seguido sin darse cuenta.

Augusto entabla un diálogo con la portera y este diálogo le planta en una situación de doble dramatismo: 1) Augusto está representando su historia ante el lector; y 2) Aunque a veces el otro dialogante no se dé cuenta, hay conflictos pavorosos que existen para Augusto. En este diálogo el conflicto íntimo es de tipo esteticista y con sentido de perfección. Para Augusto todo tiene una trayectoria que se tiene que completar por obligación para mantener este gusto de esteta. Así comprendemos por qué habló Augusto con la portera: «Otra cosa sería dejar mi seguimiento sin coronación, y eso no, las obras deben acabarse. ¡Odio lo imperfecto!» (II, 558)

Cuando Augusto y Eugenia se cruzan por segunda vez, sin que el ensimismado Augusto se dé cuenta, el narrador nos da esta imagen:

> Y siguieron los dos, Augusto y Eugenia, en direcciones contrarias, cortando con sus almas la enmarañada telaraña espiritual de la calle. Porque la calle forma un tejido en que se entrecruzan miradas de deseo, de envidia, de desdén, de compasión, de amor, de odio, viejas palabras cuyo espíritu quedó cristalizado, pensamientos, anhelos, toda una tela misteriosa que envuelve las almas de los que pasan (II, 562).

Esta imagen da la esencia misma del mundo interior de *Niebla*. Se utilizan las sensaciones más comunes; aquí el punto de partida concreto es la telaraña, pero lo que se evoca es el nivel de la realidad humana, que se presentará y comentará en toda la obra: la conciencia íntima que cada individuo lleva consigo. La gran diferencia es que en la vida aparencial va esta esencia escondida detrás de la máscara de lo visual. Ya que Unamuno no enfoca la narrativa en lo aparencial, el lector puede concentrarse en el ambiente espiritual de las conciencias humanas. No olvidemos que ha sido el narrador quien nos ha dado este ambiente. Igualmente, Augusto utilizará la imagen en sus monólogos interiores, pero con la diferencia de que no nos dará el sentido íntimo de una calle o población de individuos; exclusivamente, presentará su estado de conciencia introvertida. Augusto se interroga repetidas veces: «¿Hogar? Mi casa no es hogar. Hogar…, hogar… ¡Cenicero más bien!» (II, 560). Como en todo recurso literario de la obra, hay un punto de partida concreto. Después de la muerte del padre, la madre de Augusto conservó las cenizas de los últimos puros que había fumado su esposo. Como símbolo del ambiente espiritual de Augusto se evocan los restos del padre y, más directamente, el vacío de su vida después de la muerte de su madre, quien le había convertido en substituto del padre que Augusto no llegó a conocer. Todo esto establece la base psicológica esencial de su impotencia sexual.

Desde el prólogo nos hemos enterado, a través del personaje Víctor Goti, amigo de Augusto, que en este mundo novelesco hay un narrador que aunque no se esconde, tampoco se presenta por completo hasta ya bien entrada la obra, y, además, notamos desde las primeras líneas de la obra que es un narrador con juicios y opiniones. En la primera frase, al describir la postura de Augusto, leemos estas palabras: «quedóse un momento parado en esta actitud estatuaria y augusta». Claro está que la palabra *augusta,* con su aproximación al nombre del personaje y complementada por la siguiente frase, pone al pobre de Augusto en ridículo ante el lector. Tenemos no solamente una burla del personaje, sino una burla feroz. Esta actitud aumenta con tanta intensidad que al llegar al primer monólogo interior ya nos ha preparado el narrador para considerar a Augusto Pérez como un farsante. Aunque cambia la situación del personaje, siempre hay una sensación de arrogancia y superioridad en la actitud del narrador. Hay una oposición esencial entre éste y su personaje principal. La actitud del narrador de burla y escarnio se mantiene a través de la obra, llegando a una culminación en el penúltimo capítulo. Pero, paralelamente, tenemos la seriedad y sinceridad de Augusto presentadas independientemente del narrador.

El lenguaje de *Niebla* se caracteriza por una serie de tensiones que crean conflictos. Hay cierta discordancia dentro del mismo monólogo de Augusto. Las palabras que brotan de sus ansiedades personales imponen el tumultuoso caos del personaje; están en guerra unas con otras. Y cuando se mezclan con las percepciones del mismo Augusto, se produce otra forma de lucha. Ésta es la del esfuerzo del introvertido que, aunque ciertamente ve las condiciones exteriores, transforma y elige los elementos que responden a la angustia subjetiva.

En *Niebla* no hay trama; a lo menos no hay trama en el sentido tradicional de la palabra. *Niebla* no tiene un plan de acción y acontecimientos. Lo que ocurre es lo mínimo necesario para que el lector siga el desarrollo de la conciencia de Augusto. No hay interés en sí en los hechos que empiezan cuando el personaje llega a una casa extraña siguiendo unos ojos que sólo ha visto inconscientemente. Así, por azar, empieza una cadena hecha por él de acontecimientos: la introducción a la casa, el principio de sentimientos amorosos, el dolor de la frustración, el aparente triunfo, la burla inaguantable de los otros personajes, y, por fin, el encuentro con su creador y su muerte. La acción no tiene importancia en sí; lo que interesa es ver el proceso de descubrimiento por Augusto de su personalidad. Notemos que la función de la trama es la de juntar los acontecimientos para realizar los momentos íntimos de Augusto Pérez. Y si el lector no comprende que él es un testigo ante el espectáculo del auto-descubrimiento de un *yo,* no podrá entender la obra.

La obra se desarrolla en un espejismo de duplicación interior. Víctor Goti, personaje ficticio, está escribiendo una novela que es exactamente la obra que el narrador ficticio está escribiendo. Detrás de este narrador, que se llama Unamuno, hay, por supuesto, el autor histórico que fue Unamuno, pero de éste solamente hay la sombra implícita. Y detrás del hombre Unamuno hay la *re-creación* de los lectores —nosotros—, que en último caso estamos al fin de la cadena creativa (si es que no hay nadie o nada más allá de nosotros que nos esté creando). Lo más importante de la duplicación interior es el salto que tiene que dar la narración para penetrar la realidad del lector. Unamuno lo hace por varios medios: 1) Se hace a sí mismo personaje. 2) Discute con su criatura como podríamos imaginar a Víctor Goti discutir con sus criaturas. 3) Liga al narrador Unamuno con el hombre Unamuno en Salamanca, amigo de los hermanos Machado, creador de otra novela, *Amor y pedagogía,* etc., y 4) Señala que, indudablemente, hay público, es decir, nosotros los lectores, y que la obra está ocurriendo ahora mismo en nuestra capacidad re-creadora.

En 1917, Unamuno empleó en *Abel Sánchez* la imagen grotesca para la representación paranoica que «su diablo» sugiere al médico Joaquín cuando Helena está para dar a luz al hijo de su perseguidor (el causante de su envidia): Abel Sánchez. Una voz le dice que vaya a asistir a la madre y luego satisfaga su pasión ahogando al niño. Pero Joaquín rechaza el pensamiento como horrendo, aunque siente una feroz tentación. Joaquín y Abel fueron inseparables amigos y caras opuestas de la misma vida. Sólo la muerte los separó. Ambos fueron insuficientes porque nunca tuvieron la capacidad del amor y, por tanto, murieron odiándose.

Recordemos aquí a Blasillo, de *San Manuel Bueno, mártir,* como un personaje hermano de Apolodoro y Augusto. Blasillo, como personaje, es forma sin contenido, ya que repite las palabras de Cristo enunciadas por don Manuel, sin más sentido que el regocijo de ver el efecto de su mímica. Blasillo y Avito Carrascal tienen en común este sentido de hacer mímica de la palabra ajena. Blasillo, como las encinas y las piedras del valle, repite siempre lo mismo y pasa a formar parte de la corriente intrahistórica. Avito, al contrario, repite las frases hechas del pensamiento positivista y destruye el sentido de la vida para Apolodoro. Apolodoro, en vano, busca una idea de orden para adaptarla, y todo lo que encuentra es el caos creado por las abstracciones racionales de su padre y el nominalismo de su maestro.

Después de este breve repaso de las obras narrativas más notables de Unamuno, nos concierne señalar la capacidad comprensiva de *San Manuel Bueno, mártir* y señalar cómo esta obra recoge y culmina los rasgos distintivos de la narrativa unamuniana.

Paz en la guerra anticipa el concepto del pueblo en *San Manuel; Amor y pedagogía* nos da una visión extendida de Blasillo y la palabra vacía, que es la negación de la palabra creativa de Ángela Carballino y Manuel Bueno; *Niebla* ofrece un claro ejemplo de la problemática que existe entre el autor-implícito y el lector en la recreación de la realidad literaria. El Unamuno narrador de *Niebla* es una voz narrativa dramatizada, que obliga al lector a aceptar su participación en la creación. El Unamuno de *San Manuel Bueno, mártir* no se confunde ante el lector con el narrador, sino que, abiertamente, se presenta como el autor-implícito cuya función ha sido la de provocar la creación de san Manuel: provocar y no realizar, pues san Manuel sólo existe en la experiencia imaginativa del lector. No debe haber duda alguna de dónde parte esta experiencia. Tiene dos fuentes primordiales, la obra anterior de Unamuno y la Biblia. En las notas que hemos preparado para esta edición crítica de *San Manuel Bueno, mártir* hemos señalado los fragmentos más notables que incorporan material de estas fuentes. Pero, además de estas conexiones directas, el estilo de *San Manuel Bueno, mártir* tiene como fondo el lenguaje de la Biblia. El estilo de Ángela Carballino, como exige la estética de Unamuno, tiene que reflejar su unidad completa de forma y contenido. Está escribiendo un evangelio de Manuel-Cristo y tiene que ser la forma —la memoria en forma de confesión— la expresión más clara del contenido: la santidad de Manuel Bueno. Y a la inversa, el contenido —la historia de Manuel Bueno— no tiene sentido alguno si no es como evangelio. Pues aun el más inocente narrador tiene que comprender que al escribir Ángela esta historia condenará a su querido san Manuel.

Pachico, de *Paz en la guerra;* Apolodoro, de *Amor y pedagogía;* Augusto, de *Niebla,* y don Manuel, de *San Manuel Bueno, mártir,* son compañeros todos en la búsqueda del sentido de la vida. Pachico, insatisfecho con formar parte del río intrahistórico, sale en busca de la verdad. Sube al monte, donde «en maravillosa revelación natural, penetra entonces en la verdad, verdad de inmensa sencillez: que las puras formas son para el espíritu purificado la esencia íntima; que muestran las cosas a toda luz sus entrañas mismas; que el mundo se ofrece todo entero y sin reserva a quien a él sin reserva y todo entero se ofrece» (II, 300). Pachico regresa a la ciudad lleno de su nueva fe y dispuesto a emprender una santa cruzada; «baja decidido a provocar en los demás el descontento, primer motor de todo progreso y de todo bien». Pachico hace «sagrados votos de guerrear por la verdad, único consuelo eterno» (II, 301). Pero el camino es largo y resulta que la verdad es más difícil de captar que lo que se había creído al emprender la santa guerra. La verdad de Avito Carrascal es la ciencia, que se entiende como un inventario colosal de medidas, tamaños y pesos que facilitarán explicar todo proceso. Todo proceso menos el de la vida: «Y empieza ahora un horror, un verdadero horror, tales son los despropósitos que al fracasado genio se le ocurren. Ocúrresele unas veces si estará haciendo o diciendo algo muy distinto de lo que se cree hacer o decir y que por esto es por lo que le tienen por loco los demás; otras veces se le ocurre que está el mundo vacío y que son todo sombras, sombras sin sustancia, ni materia, ni cosa palpable; ni conciencia» (II, 388). Apolodoro, por tanto, representa una batalla perdida en la búsqueda de la verdad. La separación de materia y forma que había sido la obsesión de Avito resulta esconder la realidad en vez de revelarla.

Augusto Pérez tiene un caso distinto. No se siente ser; está completamente ensimismado hasta que siente por primera vez el dolor del desprecio. Augusto cree haber encontrado la verdad que justifique la vida. Se enfrenta con Unamuno y lucha por continuar la vida aunque sea una vida miserable:

—No hay Dios que valga. ¡Te morirás!
—Es que yo quiero vivir, don Miguel, quiero vivir...
—¿No pensabas matarte?
—Oh, si es por eso, yo le juro, señor de Unamuno, que no me mataré, que no me quitaré esta vida que Dios

o usted me han dado; se lo juro... Ahora que usted quiere matarme, quiero yo vivir, vivir, vivir...

—¡Vaya una vida! —exclamé.

—Sí, la que sea. Quiero vivir, aunque vuelva a ser burlado, aunque otra Eugenia y otro Mauricio me desgarren el corazón. Quiero vivir, vivir, vivir... (II, 669).

El sentido de la existencia que ha descubierto Augusto es que la vida es el valor máximo y se tiene que proteger.

En 1930, en la culminación de la búsqueda que emprendió en 1895 y no en retracción, Unamuno escribió *San Manuel Bueno, mártir*. Con plena conciencia de la verdad, que no es la verdad de la muerte, sino de la vida, don Manuel puede proclamar: «Hay que vivir. Y hay que dar vida.»

Interpretación de *San Manuel Bueno, mártir*

La expresión literaria comprende una ambigüedad creativa que la separa de prosa discursiva. El crítico literario se acerca al texto que comentará armado con una serie de nociones —explícita o implícitamente— elaboradas que desfigurarán el texto, puesto que toda interpretación tiene que escoger y fijar y, por consiguiente, reducir la ambigüedad, que en cierto sentido significa reducir el texto. Podemos, por tanto, preguntarnos así, públicamente, qué valor tiene escribir una interpretación más de *San Manuel Bueno, mártir*. Creo que la respuesta a esta paradoja nos la ha dado el mismo Unamuno.

Unamuno ha insistido en la existencia propia de la obra literaria y ha expuesto la única situación lícita para el lector que hace texto de su lectura, es decir, el crítico. Si el crítico reconoce la autonomía del texto, llegará a descubrir que su función es la de un dialogante. Cuando uno de nosotros entabla un diálogo interesante y agitado con otra persona no caemos en la simpleza de pensar que podemos saber lo que el otro está pensando. Tenemos que recibir, comprender y contestar a sus palabras, pero no a su mente, que se mantiene inaccesible. Un texto literario, bien lo comprendió Unamuno, es la creación más rica del hombre, ya que tiene la capacidad creativa del diálogo con los lectores distantes y separados por espacio y tiempo. Mi respuesta a la paradoja es sencillamente que el único papel que puede cumplir el crítico que no reduzca la realidad creativa del texto es la de un dialogante.

Empezamos la lectura con el encuentro de una voz narrativa clara y fuerte que expone su situación existencial. Pero su propósito no es presentarse a sí misma como objeto de consideración. Ángela Carballino se presenta como el evangelista cuya misión es dar a conocer a otro que ha venido, ha vivido y ya no está presente. Ángela Carballino ha optado por la palabra escrita y no la hablada; la terrible palabra escrita, que no se puede controlar una vez entregada al lector. La palabra escrita, que «sólo Dios sabe con qué destino» obrará, es un riesgo mortal que tiene que tomar Ángela. Aunque el obispo de Renada y las autoridades eclesiásticas se valgan de este texto para condenar a su adorado san Manuel, Ángela tiene que «dejar consignado, a modo de confesión», todo lo que sabe y lo que recuerda de aquel varón matriarcal. Esta obligación, que la llena de terror, tiene que cumplirse porque es su misión transmitir la historia del santo para que pueda ser re-creado por otros en su lectura. El Evangelio es la palabra encarnada, e igual que Juan, tiene que fijar las palabras de Manuel y transmitirlas sea cual fuere el riesgo.

Ángela le da el nombre de «varón matriarcal»; también nombrará al nogal matriarcal. Estamos ante la tradición más antigua, en la que a toda potencia creadora y re-creadora se le denominaba *mater*. Como los reyes preclásicos de la antigua Grecia, don Manuel cumple con el oficio y el deber de garantizar la continuidad de la vida y vencimiento de la muerte. Ángela nos dice que don Manuel es su padre espiritual, lo cual no significa que sea su confesor, sino el padre de su espíritu. Por tanto, es significativo que para la tercera sección del texto Ángela nos confiese que «empezaba yo a sentir una especie de afecto maternal hacia mi padre espiritual». Este cambio gradual no solamente se expresa como un estado de ánimo en el tiempo narrativo (el pasado del relato), sino también en el tiempo de la narración, puesto que ya ha escrito Ángela 410 líneas de su evangelio. Como sus precursores bíblicos, Ángela decide aceptar el mandato espiritual de escribir el evangelio sólo después de la muerte del santo, y, concretamente, acepta su papel cuando su hermano Lázaro está muriendo y le dice: «No siento tanto tener que morir... como que conmigo se muere otro pedazo del alma de don Manuel» (143:94-96). Lázaro había tomado apuntes de la vida, obra y, especialmente, palabras del santo, pero no las había consagrado como texto narrativo. El olvido es la terrible amenaza que más teme: la pérdida completa de la realidad que fue san Manuel.

Ángela Carballino repite al final de su memoria lo que nos anticipa al principio. No ha escrito esta confesión por razones reconocibles como prudentes, pues con buena razón desea que su manuscrito no llegue al conocimiento de las autoridades eclesiásticas, cuya doctrina condenaría al santo de Valverde de Lucerna. Si no ha escrito por razones corrientes, ¿cuál ha sido su motivación? Escribe bajo la inspiración de su experiencia con Manuel y siguiendo su misión extrarracional del evangelista.

El lugar-ambiente en esta novela no es descriptivo, aunque tenga el fondo implícito del León de los *Paisajes*. El espacio narrativo en este texto es simbólico. Hay una aldea remota situada entre la montaña y el lago. Aldea, montaña y lago representan los tres símbolos de la novela. La aldea de Valverde de Lucerna se identifica en el texto con un grupo selecto de nombres: *aldea, villa, pueblo, monasterio* y *convento*. En cambio, *lago* se suele usar en combinación con *montaña*. El sistema creativo de Unamuno se basa en tres tropos tradicionales empleados en el contexto de estos tres símbolos.

Valverde de Lucerna se extiende, por uso de metonimia, a identificar el lugar con la población para elevarlo al significado de la humanidad en la *intrahistoria*. En cambio, con lago y montaña, Unamuno emplea el símil y la metáfora para crear el significado más profundo de su obra: la dicotomía dialéctica entre la fe y la duda y su personificación en el protagonista Manuel-Cristo.

Examinemos estas observaciones más detenidamente. La metonimia, que logra identificar entrañablemente a la aldea Valverde de Lucerna y su población, parte principalmente del doble uso de *pueblo*. En unas líneas es *todo el pueblo* (96:23), refiriéndose a la población. En otras es *cuando vuelvas a tu pueblo* (99:27), haciendo referencia al lugar. Igualmente leemos *hubiera en el pueblo* (101:97), o *en el pueblo* (103:153), o *de nuestro pueblo* (104:173); pueblo es ya una voz metonímica donde se puede leer tanto lugar como población, y cabe decir se lee mejor con ambas referencias presentes a la vez. En este doble significado sigue *que el pueblo esté contento* (107:275). Sin duda alguna, es importante que se continúe esta relación, pues en un párrafo (107:288-305) se utiliza *pueblo* como lugar y en seguida como población.

Una vez preparado el terreno por la identificación metonímica, Unamuno añade los nombres de significado simbólico: *Mi monasterio es Valverde de Lucerna. Yo no debo vivir solo; yo no debo morir solo. Debo vivir para mi pueblo, morir para mi pueblo. ¿Cómo voy a salvar mi alma si no salvo la de mi pueblo?* (109:343-46). Pasamos de la referencia del lugar a la de la población para establecer el símbolo unitario de intrahistoria. En seguida Unamuno refuerza la referencia: *a nuestro monasterio de Valverde de Lucerna* (111:4-5) y *en el pueblo, que es mi convento* (113:90), y también, *en nombre del pueblo, me absuelves* (126:58). Finalmente, Unamuno extiende el símbolo a su significado último: *Recordaréis que cuando rezábamos todos en uno, en unanimidad de sentido, hechos pueblo* (138-33-4), y *en el alma del pueblo de la aldea, a perdernos en ellas para quedar en ellas. Él me enseñó con su vida a perderme en la vida del pueblo de mi aldea* (145:12-15). Aquí *pueblo* lleva ya el significado de intrahistoria como concepto ontológico de realidad histórica.

Los símbolos dialécticos de montaña (fe) y lago (duda), como hemos dicho, se desarrollan, a través de la obra, primero como símil que personifica a don Manuel como la encarnación de esta oposición, y luego como metáfora que plantea el sentimiento trágico de la vida cuyo mayor delito es haber nacido.

Como símil los encontramos casi al empezar la novela: *llevaba la cabeza como nuestra Peña del Buitre lleva su cresta y había en sus ojos toda la hondura azul de nuestro lago* (97:34-6), o aún más notable: *y no era un coro, sino una sola voz, una voz simple y unida, fundidas todas en una y haciendo como una montaña, cuya cumbre, perdida a las veces en nubes, era don Manuel. Y al llegar a lo de «creo en la resurrección de la carne y la vida perdurable», la voz de don Manuel se zambullía, como en un lago, en la del pueblo todo, y era que él se callaba* (103:162-8). En la última cita el símil compara a la voz del pueblo rezando con la montaña y el silencio, o la ausencia de la voz de don Manuel, al llegar a las palabras indicadas, se explica como zambullido en un lago. Por tanto, la voz del pueblo todo (en un sentido intrahistórico), en su proclamación de la fe, se compara a la montaña, y el silencio o la ausencia de la voz de don Manuel, que demuestra la falta de fe, se compara al lago. Pero aquí no termina el desarrollo simbólico; falta la metáfora de la nieve. Cuando don Manuel le dice a Lázaro: *¿Has visto, Lázaro, misterio mayor que el de la nieve cayendo en el lago y muriendo en él mientras cubre con su toca a la montaña?* (130:59-61) se añade el elemento más profundo de la novela. La nieve, como la vida misma, es transitoria, pero los copos de nieve que caen sobre la montaña se unen y forman una toca que da la apariencia de perdurar. En contraste, los copos que caen sobre el lago se disuelven inmediatamente sin huella. Así es la vida del pueblo: con fe forma una montaña en su colectividad, sin fe los hombres se pierden aislados en la muerte sin huella de haber sido. Sigue la metáfora Unamuno un paso más: *está nevando, nevando sobre el* *lago, nevando sobre la montaña, nevando sobre las memorias de mi padre, el forastero; de mi madre, de mi hermano Lázaro, de mi pueblo, de mi san Manuel, y también sobre la memoria del pobre Blasillo, de mi san Blasillo, y que él me ampare desde el cielo. Y esta nieve borra esquinas y borra sombras, pues hasta de noche la nieve alumbra* (147:55-62). La nieve es la gran niveladora, junta lo recto con lo circular, lo pobre con lo rico, y hasta lo vivo con lo muerto, pero tiene que caer en tierra para mantenerse, pues en el lago se disuelve al hacer contacto. El misterio de la nieve es el misterio de la fe. La fe puede vencer hasta a la amenaza de la muerte. La vida sigue su curso, hombres y mujeres nacen y mueren, por unos años viven y algunos viven con la fe y la esperanza de la resurrección, y otros viven hostigados por la duda. Por tanto, la pregunta fundamental es cómo puede sobrevivir el agonista y no sucumbir al suicidio. La respuesta se ofrece también metafóricamente. En nuestro comentario anterior observábamos cómo la aldea de Valverde de Lucerna, perdida como un broche entre el lago y la montaña, representa toda una población colectiva situada entre la fe y la duda, pero mantenida en la fe por san Manuel Bueno. Pero también hay otra Valverde de Lucerna sumergida en el lago según la leyenda. Esta es la Valverde de Lucerna que Lázaro descubre en don Manuel: *creo que en el fondo del alma de nuestro don Manuel hay también sumergida, ahogada, una villa y que alguna vez se oyen sus campanadas* (120:136-9).

La villa sumergida es la plena conciencia de la intrahistoria. Manuel, y luego Lázaro, su discípulo, al dedicarse completamente a la colectividad del pueblo, encuentran que aquí está la actualidad de la verdadera historia y que hay un fondo de esta superficie que es el cementerio de las almas de sus abuelos, y los abuelos de éstos y los de éstos. En unos de sus momentos lúcidos, antes de su encuentro con Unamuno, Augusto Pérez, personaje de *Niebla,* lo expresa con claridad: *Por debajo de esta corriente de nuestra existencia, por dentro de ella hay otra corriente en sentido contrario: aquí vamos del ayer al mañana, allí se va del mañana al ayer* (*Obras Completas,* II, 578).

Don Manuel personifica la cruz del nacimiento al estar situado entre la fe y la duda de su pueblo. Esta personificación le hace no solamente santo, sino mártir, porque toma la duda y la sufre por todos. Así lo ve Ángela Carballino y así nos lo presenta en su memoria. La narración de Ángela está estructurada como un evangelio, y el paralelo con Cristo, salpicado de numerosas citas y alusiones bíblicas, va creciendo hasta el climax del descubrimiento de la tragedia íntima de don Manuel. Por consiguiente, se entiende que Cristo también duda en la resurrección y el «¡Dios mío, Dios mío! ¿Por qué me has abandonado?» de los dos Cristos, el bíblico, y el de Valverde de Lucerna, son gritos de verdadera angustia.

La cronología de la memoria, por tanto, nos lleva de los recuerdos de niñez a la experiencia angustiosa y la muerte de Manuel. Ángela, como narradora evangelista, es a la vez hija espiritual de Manuel y madre de su victoria sobre el olvido. Su evangelio, sus palabras escritas, ganarán la inmortalidad para Manuel, y por esta razón pueden crecer sus sentimientos maternales al paso que progresa la narrativa. Ángela es la virgen madre como la tía Tula, pero su maternidad se debe a la palabra escrita: el testimonio de santidad que nos deja.

Al margen de la personificación hecha por Ángela hay otro paralelo, éste hecho por el mismo Manuel. Él no se ve como Cristo, sino como Moisés. Él sabe que no trae la redención de la muerte, pero cree firmemente que lleva la ilusión de la tierra prometida. Don Manuel se caracteriza en sus comentarios a Ángela y Lázaro como el guía de su pueblo que está condenado a no ver la tierra prometida por haberle visto la cara a Dios. La promesa que protege y fecunda es para su pueblo y no para él, y así muere pidiéndole a Lázaro, el hombre nuevo de Cristo, que sea su Josué y que siga la trayectoria. El conflicto interno de Manuel representa el arquetipo bíblico de la lucha de opuestos sin resolución. En vez de ser la lucha entre el bien y el mal, aquí se concentra como la lucha entre la fe y la duda. Y es ésta la que hace a Unamuno entrar otra vez en sus textos con voz directa que implica al lector en la lucha.

El diablo, el fiscal racional, quiere condenar a don Manuel a los infiernos de la mentira, pero Unamuno, como el archimensajero San Miguel Arcángel, clama: «El Señor te reprenda.» La verdad de don Manuel y la verdad tan ardientemente buscada por Pachico en *Paz en la guerra* es la misma. La vida es una lucha, una guerra que no tiene más resolución que la muerte. Pero hay una colectividad que es la comunión del pueblo, y esta unidad está basada en las numerosas generaciones que han originado colectivamente en su creación de la lengua común la comunidad. Por tanto, la santa cruzada de Pachico de provocar se convierte en la santa misión de proteger y nutrir la fe, que es lo que tiene en común la comunidad.

Historia del texto

Unamuno escribió *San Manuel Bueno, mártir,* en 1930. Esta novela se publicó por primera vez en 1931 en la revista *La novela de hoy,* y por Espasa-Calpe, en 1933, en su forma definitiva, bajo el título *San Manuel Bueno, mártir, y tres historias más.* Ha habido numerosas ediciones de la obra desde la muerte de Unamuno en 1936, pero estas ediciones sólo han variado en la cantidad de erratas de imprenta. El texto que nos interesa es el definitivo, que publicó y corrigió el mismo Unamuno, y los cambios, algunos substanciales, que hizo el autor entre el manuscrito de 1930, la primera versión de 1931 y la definitiva de 1933.

Unamuno hizo tres tipos de cambios: primero, correcciones hechas en el manuscrito de 1930; segundo, adiciones que aparecen en el texto de 1931, y tercero, cambios para la edición de *La novela de hoy* y mantenidos en la publicación por Espasa-Calpe.

En el manuscrito de 1930, Unamuno hizo treinta y seis cambios y correcciones. Los cambios más importantes son cinco: el epígrafe citando a San Pablo en vez de a San Juan cambia el enfoque de Lázaro a Manuel y la tragedia interna de éste, que le hace uno entre los más miserables de los hombres. El cambio de la página 88, líneas 81-2, permite otra alusión bíblica. En la página 89, líneas 98-9, cambia Blasillo de sobreviviente a compañero de muerte de Manuel. En la página 136, línea 107, nos recuerda otra vez que escribe nivolas y no novelas.

Y, finalmente, el cambio de la página 136, líneas 113-4, da la perspectiva ontológica esencial de Unamuno.

Al manuscrito de 1930, que se conserva en la casa rectoral de Salamanca, se le añadieron extensos fragmentos antes de publicarse en 1931. En total, Unamuno agregó veintitrés fragmentos a su texto. Lo más notable de estas adiciones es que contienen lenguaje metafórico significativo. Señalo en las notas al pie de página los fragmentos añadidos.

Hay cuarenta y ocho cambios menores entre el manuscrito y las ediciones publicadas. No tienen ninguna importancia sobre el desarrollo o temática de la novela.

Los prólogos de Unamuno, escritos en 1932 y 1933, ofrecen algunos datos biográficos sobre la circunstancia del texto. A continuación se presenta una selección:

En 1920 reuní en un volumen mis tres novelas cortas o cuentos largos: *Dos madres, El marqués de Lumbría* y *Nada menos que todo un hombre,* publicadas antes en revistas, bajo el título común de *Tres novelas ejemplares y un prólogo.* Éste, el prólogo, era también, como allí decía, otra novela. Novela y no *nivola.* Y ahora recojo aquí tres nuevas novelas bajo el título de la primera de ellas, ya publicada en *La Novela de Hoy,* número 461 y último de la publicación, correspondiente al día 13 de marzo de 1931 —estos detalles los doy para la insaciable casta de los bibliógrafos—, y que se titulaba: *San Manuel Bueno, mártir.* En cuanto a las otras dos: *La novela de don Sandalio, jugador de ajedrez* y *Un pobre hombre rico o el sentimiento cómico de la vida,* aunque destinadas en mi intención primero para publicaciones periódicas —lo que es económicamente más provechoso para el autor—, las he ido guardando en espera de turno, y al fin me decido a publicarlas aquí sacándolas de la inedición. Aparecen, pues, éstas bajo el patronato de la primera, que ha obtenido ya cierto éxito.

En efecto, en *La Nación,* de Buenos Aires, y algo más tarde en *El Sol,* de Madrid, número del 3 de diciembre de 1931 —nuevos datos para bibliógrafos—, Gregorio Marañón publicó un artículo sobre mi *San Manuel*

Bueno, mártir, asegurando que ella, esta novelita, ha de ser una de mis obras más leídas y gustadas en adelante como una de las más características de mi producción, toda novelesca. Y quien dice novelesca —agrego yo— dice filosófica y teológica. Y así como él pienso yo, que tengo la conciencia de haber puesto en ella todo mi sentimiento trágico de la vida cotidiana.

Luego hacía Marañón unas brevísimas consideraciones sobre la desnudez de la parte puramente material de mis relatos. Y es que creo que dando el espíritu de la carne, del hueso, de la roca, del agua, de la nube, de todo lo demás visible, se da la verdadera e íntima realidad, dejándole al lector que la revista en su fantasía.

Es la ventaja que lleva el teatro. Como mi novela *Nada menos que todo un hombre,* escenificada luego por Julio de Hoyos bajo el título de *Todo un hombre,* la escribí ya en vista del tablado teatral, me ahorraré todas aquellas descripciones del físico de los personajes, de los aposentos y de los paisajes, que deben quedar al cuidado de actores, escenógrafos y tramoyistas. Lo que no quiere decir, ¡claro está!, que los personajes de la novela o del drama escrito no sean tan de carne y hueso como los actores mismos, y que el ámbito de su acción no sea tan natural y tan concreto y tan real como la decoración de un escenario.

Escenario hay en *San Manuel Bueno, mártir,* sugerido por el maravilloso y tan sugestivo lago de San Martín de Castañeda, en Sanabria, al pie de las ruinas de un convento de bernardos y donde vive la leyenda de una ciudad, Valverde de Lucerna, que yace en el fondo de las aguas del lago. Y voy a estampar aquí dos poesías que escribí a raíz de haber visitado por primera vez ese lago el día primero de junio de 1930. La primera dice:

> San Martín de Castañeda,
> espejo de soledades,
> el lago recoge edades
> de antes del hombre y se queda
> soñando en la santa calma
> del cielo de las alturas
> en que se sume en honduras
> de anegarse, ¡pobre!, el alma...

Men Rodríguez, aguilucho
de Sanabria, el ala rota
ya el cotarro no alborota
para cobrarse el conducho.
Campanario sumergido
de Valverde de Lucerna,
toque de agonía eterna
bajo el caudal del olvido.
La historia paró, al sendero
de San Bernardo la vida
retorna, y todo se olvida
lo que no fuera primero.

Y la segunda, ya de rima más artificiosa, decía y dice así:

Ay, Valverde de Lucerna,
hez del lago de Sanabria,
no hay leyenda que dé cabria
de sacarte a luz moderna.
Se queja en vano tu bronce
en la noche de San Juan,
tus hornos dieron su pan,
la historia se está en su gonce.
Servir de pasto a las truchas
es, aun muerto, amargo trago;
se muere Riba de Lago,
orilla de nuestras luchas.

En efecto, la trágica y miserabilísima aldea de Riba de Lago, a la orilla del de San Martín de Castañeda, agoniza y cabe decir que se está muriendo. Es de una desolación tan grande como la de las alquerías, ya famosas, de las Hurdes. En aquellos pobrísimos tugurios, casuchas de armazón de madera recubierto de adobes y barro, se hacina un pueblo al que ni le es permitido pescar las ricas truchas en que abunda el lago y sobre las que una supuesta señora creía haber heredado el monopolio que tenían los monjes bernardos de San Martín de Castañeda.

Esta otra aldea, la de San Martín de Castañeda, con las ruinas del humilde monasterio, agoniza también junto al lago, algo elevada sobre su orilla. Pero ni Riba de Lago, ni San Martín de Castañeda, ni Galende, el otro pobladillo más cercano al Lago de Sanabria —este otro mejor acomodado—, ninguno de los tres puede ser ni fue el modelo de mi Valverde de Lucerna. El escenario de la obra de mi don Manuel Bueno y de Angelina y Lázaro Carballino supone un desarrollo mayor de vida pública, por pobre y humilde que ésta sea, que la vida de esas pobrísimas y humildísimas aldeas. Lo que no quiere decir, ¡claro está!, que yo suponga que en éstas no haya habido y aún haya vidas individuales muy íntimas e intensas, ni tragedias de conciencia.

Y en cuanto al fondo de la tragedia de los tres protagonistas de mi novelita, no creo poder ni deber agregar nada al relato mismo de ella. Ni siquiera he querido añadirle algo que recordé después de haberlo compuesto —y casi de un solo tirón—, y es que al preguntarle en París una dama acongojada de escrúpulos religiosos a un famoso y muy agudo abate si creía en el infierno y responderle éste: «Señora, soy sacerdote de la Santa Iglesia Católica Apostólica Romana, y usted sabe que en ésta, la existencia del infierno es verdad dogmática o de fe», la dama insistió en : «¿Pero usted, monseñor, cree en ello?», y el abate, por fin: «¿Pero por qué se preocupa usted tanto, señora, de si hay o no infierno, si no hay nadie en él...?» No sabemos que la dama le añadiera esta otra pregunta: «Y en el cielo, ¿hay alguien?»

Y ahora, tratando de narrar la oscura y dolorosa congoja cotidiana que atormenta al espíritu de la carne y al espíritu del hueso de hombres y mujeres de carne y hueso espirituales, ¿iba a entretenerme en la tan hacedera tarea de describir revestimientos pasajeros y de puro viso? Aquí lo de Francisco Manuel de Melo en su *Historia de los movimientos, separación y guerra de Cataluña en tiempos de Felipe IV, y política militar,* donde dice: «He deseado mostrar sus ánimos, no los vestidos de seda, lana y pieles, sobre que tanto se desveló un historiador grande de estos años, estimado en el mundo.» Y el colosal Tucídides, dechado de historiadores, desdeñando esos realismos, aseguraba haber querido escribir «una cosa para siempre, más que una pieza de certamen que se oiga de momento». ¡Para siempre!

. . . .

Y no quiero aquí comentar ya más ni el martirio de Don Quijote ni el de Don Manuel Bueno, martirios quijotescos los dos.

Y a Dios, lector, y hasta más encontrarnos, y quiera Él que te encuentres a ti mismo.

Madrid, 1932

Bibliografía escogida sobre
San Manuel Bueno, mártir,
y Miguel de Unamuno

ABELLÁN, José Luis, «Notas para una interpretación sociológica de Unamuno», *Sistema,* 3 (1973), incluido también en *Sociología del 98,* Barcelona, 1975, págs. 209-223.

— «El mito de Cristo en Unamuno», *Río Piedras,* 3-4 (1973-4), págs. 77-94.

AGUILERA, César, «Fe religiosa y su problemática en *San Manuel Bueno, mártir,* de Unamuno», *Boletín de la Biblioteca Menéndez y Pelayo,* 40 (1964), págs. 205-307.

ALBERICH, José, «El obispo Blougram y San Manuel Bueno. Divergencias sobre un mismo tema», *Revista de Literatura,* 15 (1959), págs. 90-95.

ALAZRAKI, Jaime, «Motivación e invención en *Niebla,* de Unamuno», *Romanic Review,* 43 (1967), págs. 241-53.

ÁLVAREZ TURIENZO, Saturnino, «Sobre la paradoja en Unamuno y su interpretación», *Cruz y Raya,* 7 (1962), páginas 223-57.

AMORÓS, Andrés, «Unamuno: La novela como búsqueda», en *Introducción a la novela contemporánea,* Madrid, Cátedra, 4.ª ed., 1976, págs. 189-197.

ANDERSON, Reed, «The Narrative Voice in Unamuno's *San Manuel Bueno, mártir*», *Hispanófila,* 50 (1974), págs. 67-76.

ARANGUREN José Luis, «Sobre el talento religioso de Miguel de Unamuno», *Arbor,* 4 (1948), págs. 485-503.

ARÍSTIDES, Julio, *Unamuno, dialéctica de la tragedia existencial,* Buenos Aires, 1972.

AYALA, Francisco, «El arte de novelar en Unamuno», *La Torre,* 9 (1961), págs. 329-59, también en *La Novela: Galdós y Unamuno,* Barcelona, 1974, págs. 115-61.

AZNAR, Inés, «La estructura de la novela *Cómo se hace una novela*», *Modern Language Notes* (1970), págs. 184-206.

BASDEKIS, Demetrios, *Unamuno and the Novel,* Chapel Hill, 1974.

BATCHELOR, Ronald E., «Form and Content in Unamuno's *Niebla*», *Forum for Modern Language Studies,* 8, Edinburgo, 1972, págs. 197-214.

— *Unamuno Novelist: A European Perspective,* Oxford, 1972.

BENITO Y DURÁN, Ángel, *Introducción al estudio del pensamiento de Unamuno,* Granada, 1953.

BLANCO AGUINAGA, Carlos, *Unamuno, teórico del lenguage,* México, 1954.

— *El Unamuno contemplativo,* México, 1959.

— «Sobre la complejidad de *San Manuel Bueno, mártir*», *Nueva Revista de Filología Hispánica,* 15 (1961), páginas 569-88.

— «Unamuno's *Niebla:* Existence and the game of fiction», *Modern Language Notes,* 79 (1964), págs. 188-205.

— «De Nicodemo a Don Quijote», en Germán Bleiberg y E. Inman Fox (eds.), *Pensamiento y letras en la España del Siglo XX,* Nashville, 1966, págs. 75-100.

— «Unamuno's *yoismo* and its Relation to Traditional Spanish Individualism» en Ramón Martínez-López (ed.), *Unamuno Centennial Studies,* Austin, 1966, págs. 18-52.

— «Authenticity and the Image» en J. Rubia Barcia y M. A. Zeitlin (eds.), *Unamuno. Creator and Creation,* Berkeley, 1967, págs. 48-71.

CLAVERÍA, Carlos, *Temas de Unamuno,* Madrid, Gredos, 1953.

COLLADO, Jesús-Antonio, *Kierkegaard y Unamuno. La existencia religiosa,* Madrid, 1962.

COWES, H. W., «Miguel de Unamuno: Ideas para una ontología de la novela actual», *Razón y Fábula,* 24 (Bogotá, 1971), págs. 6-18.

CRUZ HERNÁNDEZ, Miguel, «La misión socrática de don Miguel de Unamuno», *Cuadernos de la cátedra Miguel de Unamuno,* 3 (1952), págs. 41-53.

DEL RÍO, Ángel, «Las novelas ejemplares de Unamuno», *Revista de la Universidad de Buenos Aires,* 5 (1960), páginas 22-34; también en *Estudios sobre literatura española contemporánea,* Madrid, 1966, págs. 7-23.

DOMINGO, José, «La novela ideológica personal de Miguel de Unamuno» en *La novela española del siglo XX*, Barcelona, Labor, 1973, págs. 12-23.

DÍAZ, Elías, *Revisión de Unamuno. Análisis crítico de su pen-. samiento político*, Madrid, 1968.

DÍAZ-PETERSON, Rosendo, *Unamuno: el personaje en busca de sí mismo*, Madrid, 1975.

— «Leyendo *San Manuel Bueno, mártir*. La montaña que se convierte en lago», *Cuadernos Hispanoamericanos*, 289-90 (1975), págs. 383-91.

DÍAZ-PLAJA, Guillermo, «Filosofía y contradicción» en *Al filo del novecientos*, Barcelona, 1971, págs. 145-92.

DÍEZ, Ricardo, *El desarrollo estético de la novela de Unamuno*, Madrid, 1976.

EARLE, Peter G., *Unamuno and English Literature*, Nueva York, 1960.

— «El evolucionismo en el pensamiento de Unamuno», *Cuadernos de la cátedra Miguel de Unamuno*, 14-15 (1964), págs. 19-28.

— «Unamuno and the Theme of History», *Hispanic Review*, 33 (1964), págs. 319-39.

— «Unamuno: historia and intra-historia» en Germán Bleiberg y E. Inman Fox (eds.), *Pensamiento y letras en la España del Siglo XX*, Nashville, 1966, págs. 179-86.

EOFF, Sherman H., «Creative Doubt» en *The Modern Spanish Novel*, Nueva York, 1961, págs. 191-215.

FALCONIERI, John V., «*San Manuel Bueno, mártir*. Spiritual Autobiography. A Study in Imagery», *Symposium*, 2 (1964), págs. 128-41.

FEDERICI, Mario, *La imagen del hombre en la poesía de Unamuno*, Madrid, 1974.

FERNÁNDEZ, Pelayo H., «Más sobre *San Manuel Bueno, mártir*», *Revista Hispánica Moderna*, 29 (1963), páginas 252-62.

— «Enfoque para una teoría Unamuniana del yo y del otro» en Germán Bleiberg y E. Inman Fox (eds.), *Pensamiento y letras en la España del Siglo XX*, Nashville, 1966, págs. 187-91.

— *El problema de la personalidad en Unamuno y en San Manuel Bueno, mártir*, Madrid, 1966.

— *Bibliografía crítica de Miguel de Unamuno*, Madrid, 1976.

FERNÁNDEZ Y GONZÁLEZ, Ángel, *Estructura autobiográfica en San Manuel Bueno, mártir,* Palma de Mallorca, 1968.
FERRATER MORA, José, «Unamuno. Voz y obra literaria», *Revista cubana,* 15 (1941), págs. 137-59.
— *Unamuno. Bosquejo de una filosofía,* Buenos Aires, 1944.
— «Unamuno y la idea de la realidad», *Papeles de Son Armadans,* 4 (1956), págs. 269-80.
FLÓREZ, Ramiro, «Sobre la paradoja en Unamuno y su interpretación», *Cruz y Raya,* 26 (1962), págs. 223-57.
FOSTER, David M., *Unamuno and the Novel as Expressionistic Conceit,* San Juan, Puerto Rico, 1973.
FRANCO, Andrés, *El teatro de Unamuno,* Madrid, 1971.
FRANZ, Thomas R., «Ancient Rites and the Structure of Unamuno's *Amor y pedagogía*», *Romance Notes,* 13 (1971), págs. 217-20.
GAOS, José, *Filosofía y vida,* Barcelona, 1946.
GARCÍA, Eladio, «El trasfondo hegeliano en el pensamiento de Unamuno», *Revista de la Universidad de Costa Rica,* 27 (1969), págs. 105-15.
GARCÍA BLANCO, Manuel, *En torno a Unamuno,* Madrid, 1965.
GIL, Ildefonso Manuel, «Sobre la novelística de Unamuno», *«Cuadernos Hispanoamericanos,* 57 (1964), págs. 323-36.
GODOY, Gustavo J., «Dos mártires de la fe según Dostoyevski y Unamuno», *Cuadernos de la cátedra Miguel de Unamuno,* 20 (1970), págs. 31-40.
GONZÁLEZ, José Emilio, «Algunas observaciones sobre tres novelas de Unamuno», *La Torre,* 9 (1961), págs. 427-42.
GRASS, Roland, «Unamuno's Concept of Struggle as seen in the Shorter Essays», *Romance Notes,* 6 (1964), páginas 10-15.
GULLÓN, Ricardo, *Autobiografías de Unamuno,* Madrid, 1964.
— «Imágenes de *El Otro*» en Germán Bleiberg y E. Inman Fox (eds.), *Pensamiento y letras en la España del Siglo XX,* Nashville, 1966, págs. 257-69.
— «Relectura de *San Manuel Bueno, mártir*», *Letras de Deusto,* 7 (Bilbao, 1977), págs. 43-51.
GUY, Alain, «L'itineraire agonique d'Unamuno», *Revista de la Universidad de Madrid,* 49-50 (1964), págs. 12-44.
GOIC, Cedomil, «Unamuno como método» en *Miguel de Unamuno,* edición del departamento de extensión universitaria, Santiago, Chile, 1964, págs. 144-157.

HEIDEGGER, Martín, «Holderlin y la esencia de la poesía», *Escorial*, 128 (1943), págs. 1-9.

HUARTE MORTON, Fernando, «El ideario lingüístico de Miguel de Unamuno», *Cuadernos de la cátedra Miguel de Unamuno*, 5 (1954), págs. 5-183.

HUERTA, Eleazar, «*San Manuel Bueno, mártir,* novela legendaria», *Atenea* (Concepción, Chile, 1964), págs. 37-56.

ILIÉ, Paul, *Unamuno: An Existential View of Self and Society*, Madison, 1967.

JIMÉNEZ-HERNÁNDEZ, Adolfo, *Unamuno y la filosofía del lenguaje*, Río Piedras, 1973.

JOHNSON, W. D., «La palabra y el origen de la conciencia reflexiva en la filosofía de Miguel de Unamuno», *Palabra del hombre*, 47 (Xalapa, México, 1968), págs. 411-23.

LACY, Allen, *Miguel de Unamuno. The Rhetoric of Existence*, La Haya, 1967.

LAÍN, Milagro, *La palabra en Unamuno*, Caracas, 1964.

LATHROP, Thomas A., «Greek Origin Names in *San Manuel Bueno, mártir*», *Romance Notes*, 11 (1970), págs. 505-6.

LINAGE CONDE, Antonio, «Unamuno y la historia», *Cuadernos de la cátedra Miguel de Unamuno*, 21 (1971), págs. 103-56.

LIVINGSTONE, Leon, «Unamuno and the Aesthetic of the Novel», *Hispania*, 24 (1941), págs. 442-50.

— «Interior Duplication and the Problem of Form in the Modern Spanish Novel», *PMLA*, 73 (1958), págs. 393-406.

— «The Novel as Self-Creation» en J. Rubia Barcia y M. A. Zeitlin (eds.), *Unamuno. Creator and Creation*, Berkeley, 1967, págs. 92-115.

LÓPEZ-MORILLAS, Juan, «Unamuno and Pascal: Notes on the Concept of Agony», *PMLA*, 65 (1950), págs. 988-1010.

— *Intelectuales y espirituales*, Madrid, 1961, págs. 11-69.

LUBY, Barry J., *Unamuno a la luz del empirismo lógico contemporáneo*, Nueva York, 1969.

LUPPOLI, Santiago, «Il Santo de Fogazzaro y San Manuel Bueno de Unamuno», *Cuadernos de la cátedra Miguel de Unamuno*, 18 (1968), págs. 49-70.

MARÍAS, Julián, *Miguel de Unamuno*, Madrid, 1943.

MEYER, François, *L'Ontologie de Miguel de Unamuno*, París, 1955.

— «Unamuno et les philosophes», *Revista de la Universidad de Madrid*, 49-50 (1964), págs. 77-92.

MOLINA, Ida, «Truth versus Myth in *La ardiente oscuridad* and in *San Manuel Bueno, mártir*», *Hispanófila*, 52 (1974), págs. 45-49.

MONCY, Agnes, «La creación del personaje en las novelas de Unamuno», *La Torre*, 11 (1963), págs. 145-88.

MONNER SANS, José María, «Unamuno, Pirandello y el personaje autónomo», *La Torre*, 35-36 (1961), págs. 387-402.

MORÓN ARROYO, Ciriaco, «*San Manuel Bueno, mártir* y el sistema de Unamuno», *Hispanic Review*, 32 (1964), páginas 227-46.

— «Unamuno y Hegel» en Antonio Sánchez Barbudo (ed.), *Miguel de Unamuno*, Madrid, 1974, págs. 151-179.

NATELLA, Arthur A., «Saint Theresa and Unamuno's *San Manuel Bueno, mártir*», *Papers on Language and Literature*, 5 (Carbondale, Illinois, 1969), págs. 458-64.

NICOL, Eduardo, *El problema de la filosofía hispánica*, Madrid, 1961, págs. 125-128.

NOZICK, Martin, *Miguel de Unamuno*, Nueva York, 1971.

OLSON Paul R., «The Novelistic Logos in Unamuno's *Amor y Pedagogía*», *Modern Language Notes*, 84 (1969), páginas 249-68.

— «Unamuno's Lacquered Boxes, *Cómo se hace una novela* and the Ontology of Writing», *Revista Hispánica Moderna*, 36 (1970-1), págs. 186-99.

OUIMETTE, Victor, *Reason Aflame, Unamuno and the Heroic Will*, New Haven, 1974.

PARDO, Aristóbulo, «Locus Hispanicus y fondo medieval en *San Manuel Bueno, mártir*», *Thesaurus*, 25 (Bogotá, 1970), págs. 349-82.

PARIS, Carlos, «El pensamiento de Unamuno y la ciencia positiva», *Arbor*, 22 (1952), págs. 11-23.

— «La inseguridad ontológica, clave del mundo Unamuniano», *Revista de la Universidad de Madrid*, 49-50 (1964), páginas 93-123.

— *Unamuno. Estructura de su mundo intelectual*, Barcelona, 1968.

PARKER, A. A., «On the Interpretation of *Niebla*» en J. Rubia Barcia y M. A. Zeitlin (eds.), *Unamuno. Creator and Creation*, Berkeley, 1967, págs. 116-38.

PÉREZ DE LA DEHESA, Rafael, *Política y sociedad en el primer Unamuno*, Madrid, 1966.

PIZÁN, Manuel, *El joven Unamuno*, Madrid, 1970.

REGALADO GARCÍA, Antonio, *El siervo y el señor. La dialéctica agónica de Miguel de Unamuno,* Madrid, 1968.

REYNAL, Vicente, «Del sentimiento trágico de *San Manuel Bueno, mártir», La Torre,* 70-71 (1970), págs. 331-45.

RIBBANS, Geoffrey, *Niebla y soledad,* Madrid, 1971.

RODRÍGUEZ, Alfred y ROSENTHAL, William M., «Una nota al *San Manuel Bueno, mártir», Hispanic Review,* 34 (1966), páginas 338-41.

RODRÍGUEZ-ALCALÁ, Hugo, «El escenario de *San Manuel Bueno, mártir* como incantatio poético» en Germán Bleiberg y E. Inman Fox (eds.), *Pensamiento y letras en la España del Siglo XX,* Nashville, 1966, págs. 407-428.

RODRÍGUEZ HUÉSCAR, Antonio, «Unamuno y la muerte colectiva», *La Torre,* 35-36 (1961), págs. 305-25.

SALCEDO, Emilio, *Vida de Don Miguel,* Salamanca, Anaya, 1964.

SCHUSTER, Edward J., *«Existencialist Resolution of Conflicts in Unamuno», Kentucky Foreign Language Quarterly,* 8 (1970), págs. 134-139.

SEDWICK, Frank, «Unamuno, the Third Self and Lucha», *Studies in Philology,* 3 (1957), págs. 464-79.

SERRANO PONCELA, Segundo, «El dasein heideggeriano en la generación del 98», *Sur,* 18 (1950), págs. 35-57.

— *El pensamiento de Unamuno,* México, 1953.

SHERGOLD, N. D., «Unamuno's novelistic Technique in *San Manuel Bueno, mártir*» en *Studies in Modern Spanish Literature and Art,* Londres, 1972, págs. 163-80.

TORRE, Guillermo de, *Tríptico del sacrificio: Unamuno, García Lorca, Machado,* Buenos Aires, 1948.

TURNER, David G., *Unamuno's Webs of Fatality,* Londres, 1974.

ULMER, Gregory, *The Legend of Herostratus,* Gainesville, 1977.

VALDÉS, M. J., *Death in the Literature of Unamuno,* Urbana, 1964.

— «Faith and Despair: A Comparative Study of a Narrative Theme», *Hispania,* 49 (1966), págs. 373-80.

— «Observaciones unamunianas sobre la palabra del yo y del otro», *Revista de Occidente,* 13 (1966), págs. 425-8.

— «Archetype and Re-creation: A Comparative Study of William Blake and Miguel de Unamuno», *University of Toronto Quarterly,* 40 (1970), págs. 58-72.

— «Metaphysics and the Novel in Unamuno's Last Decade: 1926-36», *Hispanófila,* 44 (1972), págs. 33-44.

— and María Elena de Valdés, *An Unamuno Source Book,* Toronto, 1973.

VALVERDE, José María, «Sobre la crisis del género en nuestra literatura», *Indice de artes y letras,* 60 (1953), págs. 9-10.

VILLEGAS, Juan, *La estructura mítica del héroe en la novela del siglo XX,* Barcelona, 1973, págs. 87-128.

WEBER, Frances W., «Unamuno's *Niebla:* From Novel to Dream», *PMLA,* 88 (1973), págs. 209-18.

WEBER, Ruth House, «Kierkegaard and the Elaboration of Unamuno's *Niebla*», *Hispanic Review* (1964), págs. 118-34.

ZAVALA, Iris M., *Unamuno y su teatro de conciencia,* Salamanca, 1963.

— «Desde Unamuno a Unamuno» en *La angustia y la búsqueda del hombre en la literatura,* edición de la Universidad Veracruzana, Xalapa, 1965, págs. 87-224.

ZUBIZARRETA, Armando, *Tras las huellas de Unamuno,* Madrid, 1960.

— *Unamuno en su nivola,* Madrid, 1960.

Advertencia al lector

Esta edición tiene como base la de 1933 de Espasa-Calpe. El texto de *San Manuel Bueno, mártir* se ha comparado con el manuscrito y la primera edición de 1931 para ofrecer la edición crítica que aquí se encuentra. Los cambios, adiciones y correcciones de Unamuno se incluyen al pie de cada página refiriéndose al texto por líneas numeradas por capítulo. Aunque Unamuno no numeró los capítulos, sí indicó la unidad estructural que va por ese nombre al indicar él separaciones mayores entre secciones.

San Manuel Bueno, mártir

*Si sólo en esta vida esperamos en Cristo,
somos los más miserables de los hombres
todos.*

(SAN PABLO: Cor., 1, 15, 19.)[1]

Ahora que el obispo de la diócesis de Renada, a
la que pertenece esta mi querida aldea de Valverde
de Lucerna[2], anda, a lo que se dice, promoviendo
el proceso para la beatificación de nuestro don
5   Manuel, o, mejor, san Manuel Bueno, que fue en
ésta párroco, quiero dejar aquí consignado, a modo
de confesión y sólo Dios sabe, que no yo, con qué
destino, todo lo que sé y recuerdo de aquel varón
matriarcal[3] que llenó toda la más entrañada vida de

En el epígrafe: cita de San Pablo que se añade después de tachar
«Lloró Jesús (Juan, 11, 35)» (ms. 1930).

---

[1] Es notable que Unamuno cambió la cita bíblica de San Juan,
11,35, que se refiere a la resurrección de Lázaro, por la de San Pablo,
Cor., 1, 15, 19, donde se señala la angustia de seguir a Cristo sin la
esperanza de la resurrección de los muertos.

[2] Valverde de Lucerna es la adaptación que hace Unamuno de
Villaverde de Lucerna, legendaria aldea sumergida en el lago de
San Martín de Castañeda, en la provincia de Zamora. La leyenda
parece originaria de Francia en la Chanson de Anseïs de Cartago,
en que la aldea se llama Luiserne.

[3] La contradicción *varón matriarcal* tiene un valor simbólico primordial en la obra de Unamuno, pues expresa la tensión creativa
de la vida. Véase el artículo de Ciriaco Morón Arroyo, *«San Manuel
Bueno, mártir* y el sistema de Unamuno», *Hispanic Review,* 32 (1964),
páginas 227-46, donde se identifican algunos antecedentes de la obra
de Unamuno.

10 mi alma, que fue mi verdadero padre espiritual, el
    padre de mi espíritu, del mío, el de Ángela
    Carballino.
        Al otro, a mi padre carnal y temporal, apenas si
    le conocí, pues se me murió siendo yo muy niña. Sé
15 que había llegado de forastero a nuestra Valverde
    de Lucerna, que aquí arraigó al casarse aquí con
    mi madre. Trajo consigo unos cuantos libros, el
    Quijote[4], obras de teatro clásico, algunas novelas,
    historias, el *Bertoldo*[5], todo revuelto, y de estos
20 libros, los únicos casi que había en toda la aldea,
    devoré yo ensueños siendo niña. Mi buena madre
    apenas si me contaba hechos o dichos de mi pa-
    dre. Los de don Manuel, a quien, como todo el
    pueblo, adoraba, de quien estaba enamorada
25 —claro que castísimamente—, le habían borrado
    el recuerdo de los de su marido. A quien enco-
    mendaba a Dios, y fervorosamente, cada día al
    rezar el rosario.
        De nuestro don Manuel me acuerdo como si
30 fuese de cosa de ayer, siendo yo niña, a mis diez
    años, antes de que me llevaran al colegio de religio-
    sas de la ciudad catedralicia de Renada. Tendría él,

Línea 16: *que ahí arraigó* (ms. 1930) se cambia a *que aquí
    arraigó* (ed. 1931).
Línea 26: Aparece tachado *de mi padre* después de *de su marido*
    (ms. 1930).

---

[4] Es importante recordar que Unamuno consideraba la obra
de muy pocos escritores como la expresión esencial del pueblo español, y éstos son Jorge Manrique, Lope de Vega, Tirso de Molina,
Calderón de la Barca, Santa Teresa y Miguel de Cervantes. Véase
Demetrios Basdekis, *Unamuno and Spanish Literature* (Berkeley,
University of California Press, 1967), págs. 93-96.
[5] El poema cómico del siglo XVIII representa lo que ahora llama-
mos literatura popular o paraliteratura. Unamuno no tuvo interés
alguno en los escritores del siglo XVIII. El *Bertoldo* como lectura
popular tiene, por tanto, un interés intrahistórico.

nuestro santo, entonces unos treinta y siete años. Era alto, delgado, erguido, llevaba la cabeza como nuestra Peña del Buitre lleva su cresta, y había en sus ojos toda la hondura azul de nuestro lago. Se llevaba las miradas de todos, y tras ellas los corazones, y él al mirarnos parecía, traspasando la carne como un cristal, mirarnos al corazón. Todos le queríamos, pero sobre todo los niños. ¡Qué cosas nos decía! Eran cosas, no palabras. Empezaba el pueblo a olerle la santidad; se sentía lleno y embriagado de su aroma.

Entonces fue cuando mi hermano Lázaro, que estaba en América, de donde nos mandaba regularmente dinero, con que vivíamos en decorosa holgura, hizo que mi madre me mandase al colegio de religiosas, a que se completara, fuera de la aldea, mi educación, y esto aunque a él, a Lázaro, no le hiciesen mucha gracia las monjas. «Pero como ahí —nos escribía— no hay hasta ahora, que yo sepa, colegios laicos y progresivos, y menos para señoritas, hay que atenerse a lo que haya. Lo importante es que Angelita se pula y que no siga entre esas zafias aldeanas.» Y entré en el colegio pensando en un principio hacerme en él maestra; pero luego se me atragantó la pedagogía.

Línea 57: *pero luego se me atragantó la pedagogía,* añadido (ed. 1931).

4

En el colegio conocí a niñas de la ciudad e
intimé con algunas de ellas. Pero seguía atenta a
las cosas y a las gentes de nuestra aldea, de la que
recibía frecuentes noticias y tal vez alguna visita.
5 Y hasta al colegio llegaba la fama de nuestro
párroco, de quien empezaba a hablarse en la ciudad episcopal. Las monjas no hacían sino interro-
garme respecto a él.

Desde muy niña alimenté, no sé bien cómo,
10 curiosidades, preocupaciones e inquietudes, debi-
das, en parte al menos, a aquel revoltijo de libros
de mi padre, y todo ello se me medró en el colegio,
en el trato, sobre todo, con una compañera que se
me aficionó desmedidamente y que unas veces me
15 proponía que entrásemos juntas a la vez en un
mismo convento, jurándonos, y hasta firmando el
juramento con nuestra sangre, hermandad perpetua, y otras veces me hablaba, con los ojos semi-
cerrados, de novios y de aventuras matrimoniales.
20 Por cierto que no he vuelto a saber de ella ni de su
suerte. Y eso que cuando se hablaba de nuestro
don Manuel, o cuando mi madre me decía algo de
él en sus cartas —y era en casi todas—, que yo leía
a mi amiga, ésta exclamaba como en arrobo: «¡Qué
25 suerte, chica, la de poder vivir cerca de un santo
así, de un santo vivo, de carne y hueso, y poder

Línea 4: *alguna vez,* cambiado a *tal vez* (ms. 1930).
Línea 15: y, después de *juntas,* eliminado (ed. 1931).
Líneas 16-17: *el juramento* añadido (ed. 1931).

besarle la mano! Cuando vuelvas a tu pueblo escríbeme mucho, mucho, y cuéntame de él.»

Pasé en el colegio unos cinco años; que ahora se
30   me pierden como un sueño de madrugada en la
lejanía del recuerdo, y a los quince volví a mi
Valverde de Lucerna. Ya toda ella era don Manuel; don Manuel con el lago y con la montaña.
Llegué ansiosa de conocerle, de ponerme bajo su
35   protección, de que él me marcara el sendero de
mi vida.

Decíase que había entrado en el seminario para
hacerse cura, con el fin de atender a los hijos de
una su hermana recién viuda, de servirles de padre;
40   que en el seminario se había distinguido por su
agudeza mental y su talento y que había rechazado
ofertas de brillante carrera eclesiástica porque él
no quería ser sino de su Valverde de Lucerna, de
su aldea perdida como un broche entre el lago y la
45   montaña que se mira en él.

Y ¡cómo quería a los suyos! Su vida era arreglar
matrimonios desavenidos, reducir a sus padres
hijos indómitos o reducir los padres a sus hijos, y
sobre todo consolar a los amargados y atediados y
50   ayudar a todos a bien morir.

Me acuerdo, entre otras cosas, de que al volver
de la ciudad la desgraciada hija de la tía Rabona,
que se había perdido y volvió, soltera y desahuciada, trayendo un hijito consigo, don Manuel no
55   paró hasta que hizo que se casase con ella su
antiguo novio Perote y reconociese como suya a la
criaturita, diciéndole:

—Mira, da padre a este pobre crío que no le
tiene más que en el cielo.

Línea 28: *mucho, mucho, mucho,* cambiado a *mucho, mucho*
   (ed. 1931).
Línea 31: *años* después de *quince*, eliminado (ed. 1931).
Línea 54: *consigo* es añadido (ms. 1930).

60 —¡Pero, don Manuel, si no es mía la culpa...!
—¡Quién lo sabe, hijo, quién lo sabe...! Y, sobre todo, no se trata de culpa.

Y hoy el pobre Perote, inválido, paralítico, tiene como báculo y consuelo de su vida al hijo aquel
65 que, contagiado de la santidad de don Manuel, reconoció por suyo no siéndolo.

En la noche de San Juan, la más breve del año, solían y suelen acudir a nuestro lago todas las pobres mujerucas, y no pocos hombrecillos, que se
70 creen poseídos, endemoniados, y que parece no son sino histéricos y a las veces epilépticos, y don Manuel emprendió la tarea de hacer él de lago, de piscina probática y tratar de aliviarles y si era posible de curarles[6]. Y era tal la acción de su
75 presencia, de sus miradas, y tal sobre todo la dulcísima autoridad de sus palabras y sobre todo de su voz —¡qué milagro de voz!—, que consiguió curaciones sorprendentes. Con lo que creció su fama, que atraía a nuestro lago y a él a todos los enfer-
80 mos del contorno. Y alguna vez llegó una madre pidiéndole que hiciese un milagro en su hijo, a lo que contestó sonriendo tristemente:

Líneas 73-74: *aliviarlos y no sólo de curarlos* se cambia a *aliviarles y si era posible, de curarles* (ed. 1931).
Línea 80-81: *algunos pidiéndole milagro* se cambia a *una madre pidiéndole que hiciese un milagro en su hijo* (ms. 1930).

---

[6] Fuente bíblica: San Juan, 5, 3-4. «... yacía una multitud de enfermos, ciegos, cojos, mancos, que esperaban el movimiento del agua, porque el ángel del Señor descendía de tiempo en tiempo a la piscina y agitaba el agua, y el primero que bajaba después de la agitación del agua quedaba sano de cualquier enfermedad que padeciese.»

—No tengo licencia del señor obispo para hacer milagros[7].

85 Le preocupaba, sobre todo, que anduviesen todos limpios. Si alguno llevaba un roto en su vestidura, le decía: «Anda a ver al sacristán, y que te remiende eso.» El sacristán era sastre. Y cuando el día primero de año iban a felicitarle por ser el de
90 su santo —su santo patrono era el mismo Jesús Nuestro Señor—, quería don Manuel que todos se le presentasen con camisa nueva, y al que no la tenía se la regalaba él mismo.

Por todos mostraba el mismo afecto, y si a
95 algunos distinguía más con él era a los más desgraciados y a los que aparecían como más díscolos. Y como hubiera en el pueblo un pobre idiota de nacimiento, Blasillo el bobo, a éste es a quien más acariciaba y hasta llegó a enseñarle cosas que
100 parecía milagro que las hubiese podido aprender. Y es que el pequeño rescoldo de inteligencia que aún quedaba en el bobo se le encendía en imitar, como un pobre mono, a su don Manuel.

Su maravilla era la voz, una voz divina, que
105 hacía llorar. Cuando al oficiar en misa mayor o solemne entonaba el prefacio, estremecíase la iglesia y todos los que le oían sentíanse conmovidos en sus entrañas. Su canto, saliendo del templo, iba a quedarse dormido sobre el lago y al pie de la
110 montaña. Y cuando en el sermón de Viernes Santo clamaba aquello de: «¡Dios mío, Dios mío!, ¿por

---

Línea 91: *don Manuel,* añadido (ed. 1931).
Línea 98: *aún vive y no hace sino llorar a don Manuel,* tachado después de *Blasillo el bobo* (ms. 1930).

---

[7] Es importante notar que el cambio que hace Unamuno en el manuscrito (1930) aproxima más la fuente bíblica: San Juan, 2, 3-4 «Y faltando el vino, la madre de Jesús le dijo: No tienen vino. Jesús le dijo: ¿Qué tienes conmigo, mujer? Aún no ha llegado mi hora.»

qué me has abandonado?»[8], pasaba por el pueblo
todo un temblor hondo como por sobre las aguas
del lago en días de cierzo de hostigo. Y era como si
115 oyesen a Nuestro Señor Jesucristo mismo, como si
la voz brotara de aquel viejo crucifijo a cuyos pies
tantas generaciones de madres habían depositado
sus congojas. Como que una vez, al oírlo su madre,
la de don Manuel, no pudo contenerse, y desde el
120 suelo del templo, en que se sentaba, gritó: «¡Hijo
mío!»[9]. Y fue un chaparrón de lágrimas entre todos. Creeríase que el grito maternal había brotado
de la boca entreabierta de aquella Dolorosa —el corazón traspasado por siete espadas— que había en
125 una de las capillas del templo. Luego Blasillo el
tonto iba repitiendo en tono patético por las calle-
jas y como en eco, el «¡Dios mío, Dios mío!, ¿por
qué me has abandonado?», y de tal manera que al
oírselo se les saltaban a todos las lágrimas, con
130 gran regocijo del bobo por su triunfo imitativo.
Su acción sobre las gentes era tal que nadie se
atrevía a mentir ante él, y todos, sin tener que ir al
confesonario, se le confesaban. A tal punto que
como hubiese una vez ocurrido un repugnante
135 crimen en una aldea próxima, el juez, un insensato
que conocía mal a don Manuel, le llamó y le dijo:
—A ver si usted, don Manuel, consigue que este
bandido declare la verdad.
—¿Para que luego pueda castigársele? —replicó

Línea 115: *oyeran,* cambiado a *oyesen* (ed. 1931).
Líneas 122-125: *Creeríase que el grito maternal había brotado de la boca entreabierta de aquella Dolorosa —el corazón traspasado por siete espadas— que había en una de las capillas del templo.* Añadido (ed. 1931).

---

[8] Fuente bíblica: San Mateo, 24, 46,
[9] Fuente bíblica: San Juan, 19, 25.

140 el santo varón—. No, señor juez, no; yo no saco a
nadie una verdad que le lleve acaso a la muerte.
Allá entre él y Dios... La justicia humana no me
concierne. «No juzguéis para no ser juzgados»[10],
dijo Nuestro Señor.

145   —Pero es que yo, señor cura...

  —Comprendido; dé usted, señor juez, al César lo
que es del César, que yo daré a Dios lo que es
de Dios»[11].

  Y al salir, mirando fijamente al presunto reo, le
150 dijo:

  —Mira bien si Dios te ha perdonado, que es lo
único que importa.

  En el pueblo todos acudían a misa, aunque sólo
fuese por oírle y por verle en el altar, donde
155 parecía transfigurarse, encendiéndosele el rostro[12].
Había un santo ejercicio que introdujo en el culto
popular y es que, reuniendo en el templo a todo el
pueblo, hombres y mujeres, viejos y niños, unas
mil personas, recitábamos al unísono, en una sola
160 voz, el Credo: «Creo en Dios Padre Todopoderoso,
Creador del Cielo y de la Tierra...» y lo que sigue.
Y no era un coro, sino una sola voz, una voz
simple y unida, fundidas todas en una y haciendo
como una montaña, cuya cumbre perdida a las
165 veces en nubes, era don Manuel. Y al llegar a lo de
«creo en la resurrección de la carne y la vida perdu-

Línea 151-152: *que es lo único que importa,* añadido (ed. 1931).
Línea 164: *cuyo son,* cambiado a *cuya cumbre* (ms. 1930).

---

[10] Fuente bíblica: San Mateo, 7, 1.
[11] Fuente bíblica: San Lucas, 20, 25.
[12] En este caso no hay cita bíblica directa; sin embargo, nos recuerda el pasaje de San Mateo, 17, 2: «Y se transfiguró delante de ellos, y resplandeció su rostro como el sol.»

rable» la voz de don Manuel se zambullía, como en
un lago, en la del pueblo todo, y era que él se callaba. Y yo oía las campanadas de la villa que se dice
170 aquí que está sumergida en el lecho del lago —campanadas que se dice también se oyen la noche de San
Juan— y eran las de la villa sumergida en el lago espiritual de nuestro pueblo; oía la voz de nuestros
muertos que en nosotros resucitaban en la comunión
175 de los santos. Después, al llegar a conocer el secreto
de nuestro santo, he comprendido que era como si
una caravana en marcha por el desierto, desfalle-
cido el caudillo al acercarse al término de su
carrera, le tomaran en hombros los suyos para
180 meter su cuerpo sin vida en la tierra de promisión.

Los más no querían morirse sino cogidos de su
mano como de un ancla.

Jamás en sus sermones se ponía a declamar
contra impíos, masones, liberales o herejes. ¿Para
185 qué, si no los había en la aldea? Ni menos contra
la mala prensa. En cambio, uno de los más frecuentes temas de sus sermones era contra la mala
lengua. Porque él lo disculpaba todo y a todos
disculpaba. No quería creer en la mala intención
190 de nadie:

—La envidia —gustaba repetir— la mantienen
los que se empeñan en creerse envidiados, y las más
de las persecuciones son efecto más de la manía
persecutoria que no de la perseguidora.

195 —Pero fíjese, don Manuel, en lo que me han
querido decir...

Y él:

—No debe importarnos tanto lo que uno quiera
decir como lo que diga sin querer.

200 Su vida era activa, y no contemplativa, huyendo

Línea 169: *campana,* cambiado a *campanadas* (ms. 1930).
Líneas 182: *como de un ancla,* añadido (ed. 1931).
Línea 195: *ha,* cambiado a *han* (ed. 1931).

cuanto podía de no tener nada que hacer. Cuando oía eso de que la ociosidad es la madre de todos los vicios, contestaba: «Y del peor de todos, que es el pensar ocioso.» Y como yo le preguntara una vez
205 qué es lo que con eso quería decir, me contestó: «Pensar ocioso es pensar para no hacer nada o pensar demasiado en lo que se ha hecho y no en lo que hay que hacer. A lo hecho pecho, y a otra cosa, que no hay peor que remordimiento sin
210 enmienda.» ¡Hacer!, ¡hacer! Bien comprendí yo ya desde entonces que don Manuel huía de pensar ocioso y a solas, que algún pensamiento le perseguía.

Así es que estaba siempre ocupado, y no pocas
215 veces en inventar ocupaciones. Escribía muy poco para sí, de tal modo que apenas nos ha dejado escritos o notas; mas, en cambio, hacía de memorialista para los demás, y a las madres, sobre todo, les redactaba las cartas para sus hijos ausentes.
220 Trabajaba también manualmente, ayudando con sus brazos a ciertas labores del pueblo. En la temporada de trilla íbase a la era a trillar y aventar, y en tanto aleccionaba o distraía a los labradores, a quienes ayudaba en estas faenas. Sustituía a
225 las veces a algún enfermo en su tarea. Un día del más crudo invierno se encontró con un niño, muertito de frío, a quien su padre le enviaba a recoger una res a larga distancia, en el monte.

—Mira —le dijo al niño—, vuélvete a casa a
230 calentarte, y dile a tu padre que yo voy a hacer el encargo.

Y al volver con la res se encontró con el padre, todo confuso, que iba a su encuentro. En invierno

Líneas 223-224: *les distraía* cambia a *distraía a los labradores, a quienes ayudaba en estas faenas* (ed. 1931).
Línea 230-231: *hacerlo* cambia a *hacer el encargo* (ms. 1930).
Línea 232: Se separa este nuevo párrafo (ed. 1931).

partía leña para los pobres. Cuando se secó aquel
235   magnífico nogal —«un nogal matrialcal»[13] le llamaba—, a cuya sombra había jugado de niño y
con cuyas nueces se había durante tantos años
regalado, pidió el tronco, se lo llevo a su casa y,
después de labrar en él seis tablas, que guardaba
240   al pie de su lecho, hizo del resto leña para calentar a
los pobres. Solía hacer también las pelotas para
que jugaran los mozos y no pocos juguetes para los
niños.

        Solía acompañar al médico en su visita, y recal-
245   caba las prescripciones de éste. Se interesaba sobre
todo en los embarazos y en la crianza de los niños,
y estimaba como una de las mayores blasfemias
aquello de: «¡teta y gloria!» y lo otro de: «angelitos
al cielo». Le conmovía profundamente la muerte de
250   los niños.
        —Un niño que nace muerto o que se muere
recién nacido y un suicidio —me dijo una vez—
son para mí de los más terribles misterios: ¡un niño
en cruz!
255   Y como una vez, por haberse quitado uno la
vida, le preguntara el padre del suicida, un forastero, si le daría tierra sagrada, le contestó:
        —Seguramente, pues en el último momento, en

_____

Línea 234: *murió* cambia a *secó* (ms. 1930).
Línea 239: *de él* cambia a *en él* (ed. 1931).
Línea 253: *los,* después de *para,* es tachado (ms. 1930).
Líneas 253-254: *un niño en cruz,* añadido (ed. 1931).

_____

[13] Véase el pasaje «Entre encinas castellanas» (I, 640-42) donde
Unamuno escribe «a cruzar campos por entre matriarcales encinas
castellanas» y «he vuelto a oír entre las matriarcales encinas castellanas, surgiendo de sus melodiosas entrañas», al mismo tiempo
que publica *San Manuel Bueno, mártir.* «Matriarcal» ha obrado
su valor máximo de lo milenario, que ofrece la continuación de la
intrahistoria.

106

el segundo de la agonía, se arrepintió sin duda
260 alguna.

Iba también a menudo a la escuela a ayudar al
maestro, a enseñar con él, y no sólo el catecismo.
Y es que huía de la ociosidad y de la soledad. De
tal modo, que por estar con el pueblo, y sobre todo
265 con el mocerío y la chiquillería, solía ir al baile.
Y más de una vez se puso en él a tocar el tamboril
para que los mozos y las mozas bailasen, y esto,
que en otro hubiera parecido grotesca profanación
del sacerdocio, en él tomaba un sagrado carácter y
270 como de rito religioso. Sonaba el *Ángelus*, dejaba
el tamboril y el palillo, se descubría, y todos con él,
y rezaba: «El ángel del Señor anunció a María: Ave
María...» Y luego:

—Y ahora a descansar para mañana.

275 —Lo primero —decía— es que el pueblo esté
contento, que estén todos contentos de vivir. El
contentamiento de vivir es lo primero de todo.
Nadie debe querer morirse hasta que Dios quiera.

—Pues yo sí —le dijo una vez una recién
280 viuda—; yo quiero seguir a mi marido...

—¿Y para qué? —le respondió—. Quédate aquí
para encomendar su alma a Dios.

En una boda dijo una vez: «¡Ay, si pudiese cambiar el agua toda de nuestro lago en vino, en un
285 vinillo que por mucho que de él se bebiera alegrara
siempre, sin emborrachar nunca... o por lo menos
con una borrachera alegre!»[14].

Una vez pasó por el pueblo una banda de pobres
titiriteros. El jefe de ella, que llegó con la mujer
290 gravemente enferma y embarazada, y con tres hijos

Línea 283: Nuevo párrafo en la edición de 1931.

[14] Fuente bíblica: San Juan, 2, 1-5.

que le ayudaban, hacía de payaso. Mientras él
estaba, en la plaza del pueblo, haciendo reír a los
niños y aun a los grandes, ella, sintiéndose de
pronto gravemente indispuesta, se tuvo que retirar
295   y se retiró escoltada por una mirada de congoja del
payaso y una risotada de los niños. Y escoltada por
don Manuel, que luego, en un rincón de la cuadra
de la posada, le ayudó a bien morir. Y cuando,
acabada la fiesta, supo el pueblo y supo el payaso
300   la tragedia, fuéronse todos a la posada, y el pobre
hombre, diciendo con llanto en la voz: «Bien se
dice, señor cura, que es usted todo un santo», se
acercó a éste, queriendo tomarle la mano para
besársela; pero don Manuel se adelantó y, tomán-
305   dosela al payaso, pronunció ante todos:

—El santo eres tú, honrado payaso; te vi trabajar, y comprendí que no sólo lo haces para dar pan
a tus hijos, sino también para dar alegría a los de
los otros, y yo te digo que tu mujer, la madre de
310   tus hijos, a quien he despedido a Dios mientras
trabajabas y alegrabas, descansa en el Señor, y que
tú irás a juntarte con ella y a que te paguen riendo
los ángeles a los que haces reír en el cielo de
contento.

315   Y todos, niños y grandes, lloraban y lloraban
tanto de pena como de un misterioso contento en
que la pena se ahogaba. Y más tarde, recordando
aquel solemne rato, he comprendido que la alegría
imperturbable de don Manuel era la forma tempo-
320   ral y terrena de una infinita y eterna tristeza que
con heroica santidad recataba a los ojos y a los
oídos de los demás.

Con aquella su constante actividad, con aquel

Líneas 301-302: *diciendo: «Bien se dice...»* cambia a *diciendo con
llanto en la voz: «Bien se dice...»* (ms. 1930).
Línea 315: *niños y grandes,* añadido (ms. 1930). Esto aparece como
nuevo párrafo en la edición de 1931.

325 mezclarse en las tareas y en las diversiones de todos, parecía querer huir de sí mismo, querer huir de su soledad. «Le temo a la soledad», repetía. Mas aun así, de cuando en cuando se iba solo, orilla del lago, a las ruinas de aquella vieja abadía donde aún parecen reposar las almas de los piadosos cistercien-

330 ses a quienes ha sepultado en el olvido la Historia. Allí está la celda del llamado Padre Capitán, y en sus paredes se dice que aún quedan señales de las gotas de sangre con que las salpicó al mortificarse. ¿Qué pensaría allí nuestro don Manuel? Lo que sí

335 recuerdo es que como una vez, hablando de la abadía, le preguntase yo cómo era que no se le había ocurrido ir al claustro, me contestó:

—No es sobre todo porque tenga, como tengo, mi hermana viuda y mis sobrinos a quienes soste-

340 ner, que Dios ayuda a sus pobres, sino porque yo no nací para ermitaño, para anacoreta; la soledad me mataría el alma, y en cuanto a un monasterio, mi monasterio es Valverde de Lucerna. Yo no debo vivir solo; yo no debo morir solo. Debo vivir para

345 mi pueblo, morir para mi pueblo. ¿Cómo voy a salvar mi alma si no salvo la de mi pueblo?

—Pero es que ha habido santos ermitaños, solitarios... —le dije.

—Sí, a ellos les dio el Señor la gracia de soledad

350 que a mí me ha negado, y tengo que resignarme. Yo no puedo perder a mi pueblo para ganarme el

---

Línea 327: *vez* cambia a *cuando* (ed. 1931).

Línea 338: *Si primero había* está tachado antes de *No es, sobre todo* (ms. 1930).

Línea 340: *pues tengo,* tachado antes de *que Dios ayuda* (ms. 1930).

Línea 340: *que a mi no se,* tachado antes de *sino* (ms. 1930).

Líneas 343-354: *Yo no debo vivir solo; yo no debo morir solo. Debo vivir para mi pueblo, morir para mi pueblo. ¿Cómo voy a salvar mi alma si no salvo la de mi pueblo?*

—Pero es que ha habido santos ermitaños, solitarios... —le dije.

—Sí, a ellos le dio el Señor la gracia de soledad que a mi me ha

alma. Así me ha hecho Dios. Yo no podría soportar las tentaciones del desierto. Yo no podría llevar solo la cruz del nacimiento.

---

negado, y tengo que resignarme. Yo no puedo perder a mi pueblo para ganarme el alma. Así me ha hecho Dios. Yo no podría soportar las tentaciones del desierto. Yo no podría llevar solo la cruz del nacimiento.

Líneas añadidas en la edición de 1931. Este es el primero de varios pasajes que Unamuno añadió al texto de *San Manuel Bueno* después de haber terminado el primer manuscrito en 1930. Hay que notar que las secciones más extensas que se añaden en la edición de 1931 vienen al fin de los capítulos y no dentro del desarrollo del capítulo mismo. En general, estas secciones añadidas le dan más extensión metafórica a temas ya bien establecidos en el capítulo. Aquí, por ejemplo, las líneas añadidas no ofrecen más información o desarrollo de trama. Lo que se elabora es la metáfora de vivir/morir.

He querido con estos recuerdos, de los que vive
mi fe, retratar a nuestro don Manuel tal como era
cuando yo, mocita de cerca de dieciséis años, volví
del colegio de religiosas de Renada a nuestro mo-
5   nasterio de Valverde de Lucerna. Y volví a ponerme a los pies de su abad.

—¡Hola, la hija de la Simona —me dijo en
cuanto me vio—, y hecha ya toda una moza y
sabiendo francés, y bordar y tocar el piano, y qué
10   sé yo qué más! Ahora a prepararte para darnos
otra familia. Y tu hermano Lázaro, ¿cuándo vuelve? Sigue en el Nuevo Mundo, ¿no es así?

—Sí, señor, sigue en América...

—¡El Nuevo Mundo! Y nosotros en el Viejo.
15   Pues bueno, cuando le escribas, dile de mi parte,
de parte del cura, que estoy deseando saber cuándo
vuelve del Nuevo Mundo a este Viejo, trayéndonos
las novedades de por allá. Y dile que encontrará al
lago y a la montaña como les dejó.

20   Cuando me fui a confesar con él, mi turbación
era tanta que no acertaba a articular palabra. Recé
el «yo pecadora», balbuciendo, casi sollozando.
Y él, que lo observó, me dijo:

—Pero ¿qué te pasa, corderilla? ¿De qué o de

Línea 3: *moza de* cambia a *mocita de* (ms. 1930).
Línea 17: *trayéndonos* cambia a *trayéndome* (ed. 1931) y en 1933
aparece *trayéndonos* otra vez.
Líneas 18-19: *al lago y a la montaña* cambia a *el lago y la mon-*
taña (ed. 1931), y en 1933 regresa a la forma original.

25 quién tienes miedo? Porque tú no tiemblas ahora
al peso de tus pecados ni por temor de Dios, no; tú
tiemblas de mí, ¿no es eso?

Me eché a llorar.

—Pero ¿qué es lo que te han dicho de mí? ¿Qué
30 leyendas son esas? ¿Acaso tu madre? Vamos,
vamos, cálmate y haz cuenta que estás hablando
con tu hermano...

Me animé y empecé a confiarle mis inquietudes,
mis dudas, mis tristezas.

35 —¡Bah, bah, bah! ¿Y dónde has leído eso,
marisabidilla? Todo eso es literatura. No te des
demasiado a ella, ni siquiera a Santa Teresa. Y si
quieres distraerte, lee el *Bertoldo,* que leía tu
padre.

40 Salí de aquella mi primera confesión con el
santo hombre profundamente consolada. Y aquel
mi temor primero, aquel más que respeto miedo,
con que me acerqué a él, trocóse en una lástima
profunda. Era yo entonces una mocita, una niña
45 casi; pero empezaba a ser mujer, sentía en mis
entrañas el jugo de la maternidad, y al encontrarme en el confesonario junto al santo varón,
sentí como una callada confesión suya en el susurro
sumiso de su voz, y recordé cómo cuando, al
50 clamar él en la iglesia las palabras de Jesucristo:
«¡Dios mío, Dios mío!, ¿por qué me has abandonado?», su madre, la de don Manuel, respondió
desde el suelo: «¡Hijo mío!», y oí este grito, que
desgarraba la quietud del templo[15]. Y volví a confe-
55 sarme con él para consolarle.

Una vez que en el confesonario le expuse una de
aquellas dudas, me contestó:

—A eso, ya sabes, lo del Catecismo: «Eso no me

---

[15] Fuente bíblica: San Mateo, 27, 51: «Y he aquí, el velo del templo se rasgó en dos de arriba abajo.»

112

lo preguntéis a mí, que soy ignorante; doctores
60 tiene la Santa Madre Iglesia que os sabrán responder.»

—Pero ¡si el doctor aquí es usted, don Manuel!...

—¿Yo, yo doctor? ¿Doctor yo? ¡Ni por pienso!
65 Yo, doctorcilla, no soy más que un pobre cura de
aldea. Y esas preguntas, ¿sabes quién te las in-
sinúa, quién te las dirige? Pues... ¡el Demonio!

Y entonces, envalentonándome, le espeté a boca
de jarro:

70 —¿Y si se las dirigiese a usted, don Manuel?

—¿A quién?, ¿a mí? ¿Y el Demonio? No nos
conocemos, hija, no nos conocemos.

—¿Y si se las dirigiera?

—No le haría caso. Y basta, ¿eh?, despachemos,
75 que me están esperando unos enfermos de verdad.

Me retiré, pensando, no sé por qué, que nuestro
don Manuel, tan afamado curandero de endemoniados, no creía en el Demonio. Y al irme hacia mi
80 casa topé con Blasillo el bobo, que acaso rondaba
el templo, y que al verme, para agasajarme con sus
habilidades, repitió —¡y de qué modo!— lo de
«¡Dios mío, Dios mío!, ¿por qué me has abandonado?» Llegué a casa acongojadísima y me ence-
85 rré en mi cuarto para llorar, hasta que llegó mi
madre.

—Me parece, Angelita, con tantas confesiones,
que tú te me vas a ir monja.

—No lo tema, madre —le contesté—, pues tengo
90 harto que hacer aquí, en el pueblo, que es mi
convento.

—Hasta que te cases.

—No pienso en ello —le repliqué.

Y otra vez que me encontré con don Manuel, le
95 pregunté, mirándole derechamente a los ojos:

—¿Es que hay Infierno, don Manuel?

Y él, sin inmutarse:

—¿Para ti, hija? No.

—¿Y para los otros, le hay?

100 —¿Y a ti qué te importa, si no has de ir a él?

—Me importa por los otros. ¿Le hay?

—Cree en el cielo, en el cielo que vemos. Míralo.

Y me lo mostraba sobre la montaña y abajo,
105 reflejado en el lago.

—Pero hay que creer en el Infierno como en el Cielo —le repliqué.

—Sí, hay que creer todo lo que enseña a creer la Santa Madre Iglesia Católica, Apostólica, Roma-
110 na. ¡Y basta!

Leí no sé qué honda tristeza en sus ojos, azules como las aguas del lago.

Aquellos años pasaron como un sueño. La imagen de don Manuel iba creciendo en mí sin que yo
115 de ello me diese cuenta, pues era un varón tan cotidiano, tan de cada día como el pan que a diario pedimos en el padrenuestro. Yo le ayudaba cuanto podía en sus menesteres, visitaba a sus enfermos, a nuestros enfermos, a las niñas de la
120 escuela, arreglaba el ropero de la iglesia, y le hacía, como me llamaba él, de diaconisa. Fui unos días, invitada por una compañera de colegio, a la ciudad, y tuve que volverme, pues en la ciudad me ahogaba, me faltaba algo, sentía sed de la vista de
125 las aguas del lago, hambre de la vista de las peñas de la montaña; sentía, sobre todo, la falta de mi don Manuel y como si su ausencia me llamara, como si corriese un peligro lejos de mí, como si me

---

Línea 99: hay una palabra tachada después de *¿para* (ms. 1930).
Línea 100: *si no hay* cambia a *si no has de ir a él* (ed. 1931).
Línea 108: *lo que cree y enseña a creer* cambia a *lo que enseña a creer* (ed. 1931).

130 necesitara. Empezaba yo a sentir una especie de afecto maternal hacia mi padre espiritual; quería aliviarle del peso de su cruz del nacimiento.

Líneas 129-131. *Empezaba yo a sentir una especie de afecto maternal hacia mi padre espiritual; quería aliviarle del peso de su cruz del nacimiento.*
Palabras añadidas a la edición de 1931. Otra vez vemos cómo Unamuno se vale del fin del capítulo para retocar su texto y extender la metáfora; en este caso, el creciente sentido maternal de la narradora evangelista.

Así fui llegando a mis veinticuatro años, que es cuando volvió de América, con un caudalillo ahorrado, mi hermano Lázaro. Llegó acá, a Valverde de Lucerna, con el propósito de llevarnos a mí y a nuestra madre a vivir a la ciudad, acaso a Madrid.

—En la aldea —decía— se entontece, se embrutece y se empobrece uno.

Y añadía:

—Civilización es lo contrario de ruralización; ¡aldeanerías, no!, que no hice que fueras al colegio para que te pudras luego aquí, entre estos zafios patanes.

Yo callaba, aun dispuesta a resistir la emigración; pero nuestra madre, que pasaba ya de la sesentena, se opuso desde un principio. «¡A mi edad, cambiar de aguas!», dijo primero; mas luego dio a conocer claramente que ella no podría vivir fuera de la vista de su lago, de su montaña, y sobre todo de su don Manuel.

—¡Sois como las gatas, que os apegáis a la casa! —repetía mi hermano.

Cuando se percató de todo el imperio que sobre el pueblo todo y en especial sobre nosotras, sobre mi madre y sobre mí, ejercía el santo varón evangélico, se irritó contra éste. Le pareció un ejemplo de la oscura teocracia en que él suponía hundida a España. Y empezó a barbotar sin descanso todos los viejos lugares comunes anticlericales y hasta

---

Línea 29: *viejos,* añadido (ms. 1930).

30 antirreligiosos y progresistas que había traído reno-
vados del Nuevo Mundo.

—En esta España de calzonazos —decía—, los
curas manejan a las mujeres y las mujeres a los
hombres..., ¡y luego el campo!, ¡el campo!, este
35 campo feudal...

Para él, feudal era un término pavoroso; feudal
y medieval eran los dos calificativos que prodigaba
cuando quería condenar algo. Le desconcertaba el
ningún efecto que sobre nosotras hacían sus diatri-
40 bas y el casi ningún efecto que hacían en el pueblo,
donde se le oía con respetuosa indiferencia. «A estos patanes no hay quien los conmueva.» Pero
como era bueno, por ser inteligente, pronto se dio
cuenta de la clase de imperio que don Manuel
45 ejercía sobre el pueblo, pronto se enteró de la obra
del cura de su aldea.

—¡No, no es como los otros —decía—, es un
santo!

—Pero ¿tú sabes cómo son los otros curas? —le
50 decía yo, y él:

—Me lo figuro.

Mas aun así ni entraba en la iglesia ni dejaba de
hacer alarde en todas partes de su increduli-
dad, aunque procurando siempre dejar a salvo a
55 don Manuel. Y ya en el pueblo se fue formando, no
sé cómo, una expectativa, la de una especie de duelo
entre mi hermano Lázaro y don Manuel, o más
bien se esperaba la conversión de aquél por éste.
Nadie dudaba de que al cabo el párroco le lleva-
60 ría a su parroquia. Lázaro, por su parte, ardía
en deseos —me lo dijo luego— de ir a oír a don Manuel, de verle y oírle en la iglesia, de acercarse
a él y con él conversar, de conocer el secreto de
aquel su imperio espiritual sobre las almas. Y se

Línea 64: *su,* añadido (ms. 1930).

65   hacía de rogar para ello, hasta que, al fin, por
     curiosidad —decía—, fue a oírle.
        —Sí, esto es otra cosa —me dijo luego de haber-
     le oído—, no es como los otros, pero a mí no me la
     da; es demasiado inteligente para creer todo lo que
70   tiene que enseñar.
        —¿Pero es que le crees un hipócrita? —le dije.
        —¡Hipócrita..., no!, pero es el oficio, del que
     tiene que vivir.
        En cuanto a mí, mi hermano se empeñaba en
75   que yo leyese de libros que él trajo y de otros que
     me incitaba a comprar.
        —¿Conque tu hermano Lázaro —me decía don
     Manuel— se empeña en que leas? Pues lee, hija
     mía, lee y dale así gusto. Sé que no has de leer sino
80   cosa buena; lee aunque sean novelas. No son mejo-
     res las historias que llaman verdaderas. Vale más
     que leas que no el que te alimentes de chismes y
     comadrerías del pueblo. Pero lee sobre todo libros
     de piedad que te den contento de vivir, un contento
85   apacible y silencioso.
        ¿Le tenía él?

        Por entonces enfermó de muerte y se nos murió
     nuestra madre, y en sus últimos días todo su hipo
     era que don Manuel convirtiese a Lázaro, a quien
90   esperaba volver a ver un día en el cielo, en un
     rincón de las estrellas desde donde se viese el lago y
     la montaña de Valverde de Lucerna. Ella se iba ya,
     a ver a Dios.
        —Usted no se va —le decía don Manuel—,
95   usted se queda. Su cuerpo aquí, en esta tierra, y su
     alma también aquí, en esta casa, viendo y oyendo a
     sus hijos, aunque éstos ni le vean ni le oigan.
        —Pero yo, padre —dijo—, voy a ver a Dios.
        —Dios, hija mía, está aquí como en todas par-

_____

Línea 80: *sea* cambia a *sean* (ed. 1931).

100 tes, y le verá usted desde aquí, desde aquí. Y a
todos nosotros en Él, y a Él en nosotros.
—Dios se lo pague —le dije.
—El contento con que tu madre se muera —me
dijo— será su eterna vida.
105 —Y volviéndose a mi hermano Lázaro:
—Su cielo es seguir viéndote, y ahora es cuando
hay que salvarla. Dile que rezarás por ella.
—Pero...
—¿Pero...? Dile que rezarás por ella, a quien
110 debes la vida, y sé que una vez que se lo prometas
rezarás, y sé que luego que reces...
Mi hermano, acercándose, arrasados sus ojos en
lágrimas, a nuestra madre agonizante, le prometió
solemnemente rezar por ella.
115 —Y yo en el cielo por ti, por vosotros —respondió mi madre, besando el crucifijo, y puestos
sus ojos en los de don Manuel, entregó su alma a
Dios.
—«¡En tus manos encomiendo mi espíritu!»[16]
120 —rezó el santo varón.

Quedamos mi hermano y yo solos en la casa. Lo
que pasó en la muerte de nuestra madre puso a
Lázaro en relación con don Manuel, que pareció
descuidar algo a sus demás pacientes, a sus demás
125 menesterosos, para atender a mi hermano. Íbanse
por las tardes de paseo, orilla del lago, o hacia las
ruinas, vestidas de hiedra, de la vieja abadía de
cistercienses.
—Es un hombre maravilloso —me decía Láza-

Línea 101: *y a Él en nosotros,* añadido (ed. 1931).
Línea 103: *su* cambia a *tu* (ed. 1931).
Línea 106: *y,* añadido (ms. 1930).

---

[16] Fuente bíblica: San Lucas, 23, 46.

119

130 ro—. Ya sabes que dicen que en el fondo de este lago hay una villa sumergida y que en la noche de San Juan, a las doce, se oyen las campanadas de su iglesia.

—Sí —le contestaba yo—, una villa feudal y
135 medieval...

—Y creo —añadía— que en el fondo del alma de nuestro don Manuel hay también sumergida, ahogada, una villa y que alguna vez se oyen sus campanadas.

140 —Sí —le dije—, esa villa sumergida en el alma de don Manuel, ¿y por qué no también en la tuya?, es el cementerio de las almas de nuestros abuelos, los de esta nuestra Valverde de Lucerna... ¡feudal y medieval!

145 Acabó mi hermano por ir a misa siempre, a oír a don Manuel, y cuando se dijo que cumpliría con la parroquia, que comulgaría cuando los demás comulgasen, recorrió un íntimo regocijo al pueblo todo, que creyó haberle recobrado. Pero fue un
150 regocijo tal, tan limpio, que Lázaro no se sintió vencido ni disminuido.

Y llegó el día de su comunión, ante el pueblo todo, con el pueblo todo. Cuando llegó la vez a mi hermano pude ver que don Manuel, tan blanco
155 como la nieve de enero en la montaña, y temblando como tiembla el lago cuando le hostiga el cierzo, se le acercó con la sagrada forma en la mano, y de tal modo le temblaba ésta al arrimarla a la boca de Lázaro, que se le cayó la forma a
160 tiempo que le daba un vahído. Y fue mi hermano mismo quien recogió la hostia y se la llevó a la boca. Y el pueblo, al ver llorar a don Manuel,

---

Línea 144: *¡feudal y medieval!,* añadido (ed. 1931).
Línea 151: *ni,* antes de *vencido,* eliminado (ed. 1931).
Línea 154: palabra tachada después de *don Manuel* (ms. 1930).

lloró, diciéndose: «¡Cómo le quiere!» Y entonces, pues era la madrugada, cantó un gallo[17].

165 Al volver a casa y encerrarme en ella con mi hermano, le eché los brazos al cuello y besándole le dije:

—Ay, Lázaro, Lázaro, ¡qué alegría nos has dado a todos, a todos, a todo el pueblo, a todos,
170 a los vivos y a los muertos, y sobre todo a mamá, a nuestra madre! ¿Viste? El pobre don Manuel lloraba de alegría. ¡Qué alegría nos has dado a todos!

—Por eso lo he hecho —me contestó.

175 —¿Por eso? ¿Por darnos alegría? Lo habrás hecho ante todo por ti mismo, por conversión.

Y entonces Lázaro, mi hermano, tan pálido y tan tembloroso como don Manuel cuando le dio la comunión, me hizo sentarme, en el sillón mismo
180 donde solía sentarse nuestra madre, tomó huelgo, y luego, como en íntima confesión doméstica y familiar, me dijo:

—Mira, Angelita, ha llegado la hora de decirte la verdad, toda la verdad, y te la voy a decir,
185 porque debo decírtela, porque a ti no puedo, no debo callártela y porque además habrías de adivinarla, y a medias, que es lo peor, más tarde o más temprano.

Y entonces, serena y tranquilamente, a media
190 voz, me contó una historia que me sumergió en un lago de tristeza. Cómo don Manuel había venido trabajando, sobre todo en aquellos paseos a las

---

Línea 189: *Y̵ entonces sereno* cambia a *Y entonces, serena y tranquilamente* (ms. 1930).

---

[17] Fuente bíblica: San Juan, 11, 35: «Lloró Jesús, y los judíos decían: ¡Cómo le amaba!»; San Mateo, 26, 33-75, y San Lucas, 22, 60: «Cantó el gallo.»

ruinas de la vieja abadía cisterciense, para que no escandalizase, para que diese buen ejemplo, para que se incorporase a la vida religiosa del pueblo, para que fingiese creer si no creía, para que ocultase sus ideas al respecto, mas sin intentar siquiera catequizarle, convertirle de otra manera.

—¿Pero es posible? —exclamé, consternada.

—¡Y tan posible, hermana, y tan posible! Y cuando yo le decía: «Pero ¿es usted, usted, el sacerdote, el que me aconseja que finja?», él, balbuciente: «¿Fingir? ¡Fingir no!, ¡eso no es fingir! Toma agua bendita que dijo alguien, y acabarás creyendo.» Y como yo, mirándole a los ojos, le dijese: «¿Y usted celebrando misa ha acabado por creer?», él bajo la mirada al lago y se le llenaron los ojos de lágrimas. Y así es como le arranqué su secreto.

—¡Lázaro! —gemí.

Y en aquel momento pasó por la calle Blasillo el bobo, clamando su: «¡Dios mío, Dios mío!, ¿por qué me has abandonado?» Y Lázaro se estremeció creyendo oír la voz de don Manuel, acaso la de Nuestro Señor Jesucristo.

—Entonces —prosiguió mi hermano— comprendí sus móviles y con esto comprendí su santidad; porque es un santo, hermana, todo un santo. No trataba, al emprender ganarme para su santa causa —porque es una causa santa, santísima—, arrogarse un triunfo, sino que lo hacía por la paz, por la felicidad, por la ilusión si quieres, de los que le están encomendados; comprendí que si les engaña así —si es que esto es engaño— no es por medrar. Me rendí a sus razones, y he aquí mi conversión. Y no me olvidaré jamás del día en que diciéndole yo: «Pero, don Manuel, la verdad, la verdad ante todo», él temblando, me susurró al oído —y eso que estábamos solos en medio del campo—: «¿La verdad? La verdad, Lázaro, es

acaso algo terrible, algo intolerable, algo mortal; la gente sencilla no podría vivir con ella.» «Y ¿por qué me la deja entrever ahora aquí, como en confesión?», le dije. Y él: «Porque si no me ator-
235 mentaría tanto, tanto, que acabaría gritándola en medio de la plaza, y eso jamás, jamás, jamás. Yo estoy para hacer vivir a las almas de mis feligreses, para hacerlos felices, para hacerles que se sueñen inmortales y no para matarlos. Lo que aquí hace
240 falta es que vivan sanamente, que vivan en unanimidad de sentido, y con la verdad, con mi verdad, no vivirían. Que vivan. Y esto hace la Iglesia, hacerlos vivir. ¿Religión verdadera? Todas las religiones son verdaderas en cuanto hacen vivir espi-
245 ritualmente a los pueblos que las profesan, en cuanto les consuelan de haber tenido que nacer para morir, y para cada pueblo la religión más verdadera es la suya, la que ha hecho. ¿Y la mía? La mía es consolarme en consolar a los demás,
250 aunque el consuelo que les doy no sea el mío.» Jamás olvidaré éstas sus palabras.

—¡Pero esa comunión tuya ha sido un sacrilegio! —me atreví a insinuar, arrepintiéndome al punto de haberlo insinuado.
255 —¿Sacrilegio? ¿Y él, que me la dio? ¿Y sus misas?

—¡Qué martirio! —exclamé.

—Y ahora —añadió mi hermano— hay otro más para consolar al pueblo.
260 —¿Para engañarle? —dije.

—Para engañarle, no —me replicó—, sino para corroborarle en su fe.

—Y el pueblo —dije—, ¿cree de veras?

—¡Qué sé yo...! Cree sin querer, por hábito, por
265 tradición. Y lo que hace falta es no despertarle.

Línea 233: *en,* antes de *confesión,* eliminada (ed. 1931) y agregada en 1933.

Y que viva en su pobreza de sentimientos para que no adquiera torturas de lujo. ¡Bienaventurados los pobres de espíritu![18].

270 —Eso, hermano, lo has aprendido de don Manuel. Y ahora, dime, ¿has cumplido aquello que le prometiste a nuestra madre cuando ella se nos iba a morir, aquello de que rezarías por ella?

—¡Pues no se lo había de cumplir! Pero ¿por quién me has tomado, hermana? ¿Me crees capaz
275 de faltar a mi palabra, a una promesa solemne, y a una promesa hecha, y en el lecho de muerte, a una madre?

—¡Qué sé yo...! Pudiste querer engañarla para que muriese consolada.

280 —Es que si yo no hubiese cumplido la promesa viviría sin consuelo.

—¿Entonces?

—Cumplí la promesa y no he dejado de rezar ni un solo día por ella.

285 —¿Sólo por ella?

—Pues ¿por quién más?

—¡Por ti mismo! Y de ahora en adelante, por don Manuel.

Nos separamos para irnos cada uno a su cuarto,
290 yo a llorar toda la noche, a pedir por la conversión de mi hermano y de don Manuel, y él, Lázaro, no sé bien a qué.

Línea 289: *nuestro* cambia a *su* (ed. 1931).

---

[18] Fuente bíblica: San Mateo, 5, 3.

Después de aquel día temblaba yo de encontrarme a solas con don Manuel, a quien seguía asistiendo en sus piadosos menesteres. Y él pareció
percatarse de mi estado íntimo y adivinar su causa.
5 Y cuando al fin me acerqué a él en el tribunal de la
penitencia —¿quién era el juez y quién el reo?—,
los dos, él y yo, doblamos en silencio la cabeza y
nos pusimos a llorar. Y fue él, don Manuel, quien
rompió el tremendo silencio para decirme con voz
10 que parecía salir de una huesa:

—Pero tú, Angelina, tú crees como a los diez
años, ¿no es así? ¿Tú crees?

—Sí creo, padre.

—Pues sigue creyendo. Y si se te ocurren dudas,
15 cállatelas a ti misma. Hay que vivir...

Me atreví, y toda temblorosa le dije:

—Pero usted, padre, ¿cree usted?

Vaciló un momento y, reponiéndose, me dijo:

—¡Creo!

20 —¿Pero en qué, padre, en qué? ¿Cree usted en
la otra vida?, ¿cree usted que al morir no nos morimos del todo?, ¿cree que volveremos a vernos, a
querernos en otro mundo venidero?, ¿cree en la
otra vida?

25 El pobre santo sollozaba.

Línea 7: *bajamos* cambia a *doblamos* (ms. 1930).
Líneas 11-12: *tus diez años* cambia a *los diez años* (ms. 1930).
Línea 21: *usted,* después de *cree,* tachado (ms. 1930) y añadido
en 1933.

—¡Mira, hija, dejemos eso!

Y ahora, al escribir esta memoria, me digo: ¿Por qué no me engañó?, ¿por qué no me engañó entonces como engañaba a los demás? ¿Por qué se acongojó? ¿Por qué no podía engañarse a sí mismo, o por qué no podía engañarme? Y quiero creer que se acongojaba porque no podía engañarse para engañarme.

—Y ahora —añadió—, reza por mí, por tu hermano, por ti misma, por todos. Hay que vivir. Y hay que dar vida.

Y después de una pausa:

—Y ¿por qué no te casas, Angelina?

—Ya sabe usted, padre mío, por qué.

—Pero no, no; tienes que casarte. Entre Lázaro y yo te buscaremos un novio. Porque a ti te conviene casarte para que se te curen esas preocupaciones.

—¿Preocupaciones, don Manuel?

—Yo sé bien lo que me digo. Y no te acongojes demasiado por los demás, que harto tiene cada cual con tener que responder de sí mismo.

—¡Y que sea usted, don Manuel, el que me diga eso! ¡Que sea usted el que aconseje que me case para responder de mí y no acuitarme por los demás!, ¡que sea usted!

—Tienes razón, Angelina, no sé ya lo que me digo; no sé ya lo que me digo desde que estoy confesándome contigo. Y sí, sí, hay que vivir, hay que vivir.

Y cuando yo iba a levantarme para salir del templo, me dijo:

—Y ahora, Angelina, en nombre del pueblo, ¿me absuelves?

Línea 56: *iba a salir* cambia a *iba a levantarme para salir* (ms. 1930).

60 Me sentí como penetrada de un misterioso sacerdocio y le dije:

—En nombre de Dios Padre, Hijo y Espíritu
Santo, le absuelvo, padre.

Y salimos de la iglesia, y al salir se me estre-
65 mecían las entrañas maternales.

Líneas 64-65: *y al salir se me estremecían las entrañas maternales,*
añadido (ed. 1931). Esta es otra indicación de la importancia de
los cambios hechos por Unamuno para la edición de 1931.

Mi hermano, puesto ya del todo al servicio de la obra de don Manuel, era su más asiduo colaborador y compañero. Los anudaba, además, el común secreto. Le acompañaba en sus visitas a los enfermos, a las escuelas, y ponía su dinero a disposición del santo varón. Y poco faltó para que no aprendiera a ayudarle a misa. E iba entrando cada vez más en el alma insondable de don Manuel.

—¡Qué hombre! —me decía—. Mira ayer, paseando a orillas del lago, me dijo: «He aquí mi tentación mayor.» Y como yo le interrogase con la mirada, añadió: «Mi pobre padre, que murió de cerca de noventa años, se pasó la vida, según me lo confesó él mismo, torturado por la tentación del suicidio, que le venía no recordaba desde cuándo, *de nación,* decía, y defendiéndose de ella. Y esa defensa fue su vida. Para no sucumbir a tal tentación extremaba los cuidados por conservar la vida. Me contó escenas terribles. Me parecía como una locura. Y yo la he heredado. ¡Y cómo me llama esa agua con su aparente quietud —la corriente va por dentro— espeja al cielo! ¡Mi vida, Lázaro, es una especie de suicidio continuo, un combate contra el suicidio, que es igual; pero que vivan ellos, que vivan los nuestros!» Y luego añadió: «Aquí se remansa el río en lago, para luego, bajando a la meseta, precipitarse en cascadas, saltos y torrenteras, por las hoces y encañadas, junto a la ciudad, y

así remansa la vida, aquí, en la aldea[19]. Pero la
30   tentación del suicidio es mayor aquí, junto al re-
manso que espeja la noche de estrellas, que no
junto a las cascadas que dan miedo. Mira, Lázaro,
he asistido a bien morir a pobres aldeanos, igno-
rantes, analfabetos que apenas si habían salido de
35   la aldea, y he podido saber de sus labios, y cuando
no adivinarlo, la verdadera causa de su enfermedad de muerte, y he podido mirar, allí, a la
cabecera de su lecho de muerte, toda la negrura de
la sima del tedio de vivir. ¡Mil veces peor que el
40   hambre! Sigamos, pues, Lázaro, suicidándonos en
nuestra obra y en nuestro pueblo, y que sueñe éste
vida como el lago sueña el cielo.»
     —Otra vez —me decía también mi hermano—,
cuando volvíamos acá, vimos a una zagala, una
45   cabrera, que enhiesta sobre un picacho de la falda
de la montaña, a la vista del lago, estaba cantando
con una voz más fresca que las aguas de éste.
Don Manuel me detuvo y señalándomela dijo:
«Mira, parece como si se hubiera acabado el
50   tiempo, como si esa zagala hubiese estado ahí
siempre, y como está, y cantando como está, y
como si hubiera de seguir estando así siempre,

Línea 31: *espeja de noche las estrellas* cambia a *espeja la noche
de estrellas* (ed. 1931).
Línea 34: *han* cambia a *habían* (ed. 1931).
Línea 37: *morir* cambia a *mirar* (ed. 1931). Este cambio en la edi-
ción de *La novela de hoy* parece ser una corrección y no un
cambio estilístico, como la mayoría.
Línea 48: *señalándome* cambia a *señalándomela* (ms. 1930).
Línea 49: *como si se haya* cambia a *como si se hubiera* (ms. 1930).

---

[19] Véase en *Paisajes* (I, 622-26): «Allí, en aquel refugio, liberta-
ríanse los espíritus del tiempo, engendrador de cuidados, yendo cada
día a hundirse sin ruido, y llevándose su malicia en la eternidad»
(página 622).

5

como estuvo cuando empezó mi conciencia, como
estará cuando se me acabe. Esa zagala forma
55 parte, con las rocas, las nubes, los árboles, las
aguas, de la Naturaleza y no de la Historia»[20].
¡Cómo siente, cómo anima don Manuel a la Naturaleza! Nunca olvidaré el día de la nevada, en que
me dijo: «¿Has visto, Lázaro, misterio mayor que
60 el de la nieve cayendo en el lago y muriendo en él
mientras cubre con su toca a la montaña?»[21]

Línea 60: *la,* antes de *nieve,* añadido (ed. 1931).

---

[20] Los paisajes referentes a Castilla y León son los más suges-
tivos en espíritu y en estilo de estas meditaciones unamunianas.
Véase, por ejemplo, «En la Plaza Mayor de Salamanca»: «¿Les
hablará el Cristo de Cabrera de la inmortalidad de esta tierra? Todo
ello es un sueño del cielo. ¿Y después de después, al acabarse los
siglos de los siglos? Después de después es antes de antes; es esto:
nosotros, sumergidos y fundidos en esta comunidad que se está
viviendo, en la hora, respiramos las respiraciones, mirándonos a las
miradas» (I, 651). Otro ejemplo, «1933 en Palenzuela»: «Y ahora,
a la seguida de los años, al ver el erguido Cristo del Otero pa-
lentino por sobre el Cristo yacente y escondido de Santa Clara,
pienso si no será la tierra, que ha vuelto a hacerse Cristo, y que es
la tierra de los campos la que va a resucitar. Y a resucitar la fe
en la redención de la tierra. Fe en la redención vale más que la
redención misma, ya que ésta es sombra, y aquélla, la fe, su sustancia» (I, 657-8). Estas citas son de 1932 y 1933, respectivamente,
años en que ya se había escrito y publicado *San Manuel Bueno,
mártir.* El regreso a metáforas y temas de sus primeras obras en
estos últimos escritos marca no tanto un retroceso como una culminación literaria y filosófica. Véase el estudio de Carlos Blanco
Aguinaga, *El Unamuno contemplativo* (México, El Colegio de México, 1959).

[21] El misterio al que alude es el de la fe, representado simbólicamente por la nieve. Véase «Nieve» (I, 506-8): «La silenciosa
nevada tiende un manto, a la vez de blancura, de nivelación, de
allanamiento. Es como el alma del niño y la del anciano, silen-
ciosas y allanadas» (pág. 507).

130

Don Manuel tenía que contener a mi hermano en su celo y en su inexperiencia de neófito. Y como supiese que éste andaba predicando contra

65 ciertas supersticiones populares, hubo de decirle:

—¡Déjalos! ¡Es tan difícil hacerles comprender dónde acaba la creencia ortodoxa y dónde empieza la superstición! Y más para nosotros. Déjalos, pues, mientras se consuelen. Vale más que lo crean

70 todo, aun cosas contradictorias entre sí, a no que no crean nada. Eso de que el que cree demasiado acaba por no creer nada es cosa de protestantes. No protestemos. La protesta mata el contento.

Una noche de plenilunio —me contaba también

75 mi hermano— volvía a la aldea por la orilla del lago, a cuya sobrehaz rizaba entonces la brisa montañosa y en el rizo cabrilleaban las razas de la luna llena, y don Manuel le dijo a Lázaro.

—¡Mira, el agua está rezando la letanía y ahora

80 dice: *Ianua caeli, ora pro nobis,* puerta del cielo, ruega por nosotros!

Y cayeron temblando de sus pestañas a la yerba del suelo dos huideras lágrimas en que también, como en rocío, se bañó temblorosa la lumbre de la

85 luna llena.

Línea 67: *dónde,* añadido (ed. 1931).
Línea 73: *La protesta mata el contento,* añadido (ed. 1931).

E iba corriendo el tiempo y observábamos mi hermano y yo que las fuerzas de don Manuel empezaban a decaer, que ya no lograba contener del todo la insondable tristeza que le consumía, que acaso una enfermedad traidora le iba minando el cuerpo y el alma. Y Lázaro, acaso para distraerle más, le propuso si no estaría bien que fundasen en la iglesia algo así como un sindicato católico agrario.

—¿Sindicato? —respondió tristemente don Manuel—. ¿Sindicato? Y ¿qué es eso? Yo no conozco más sindicato que la Iglesia, y ya sabes aquello de «mi reino no es de este mundo»[22]. Nuestro reino, Lázaro, no es de este mundo...

—¿Y del otro?

Don Manuel bajó la cabeza:

—El otro, Lázaro, está aquí también, porque hay dos reinos en este mundo. O mejor, el otro mundo..., vamos, que no sé lo que me digo. Y en cuanto a eso del sindicato, es en ti un resabio de tu época de progresismo. No, Lázaro; no; la religión no es para resolver los conflictos económicos o políticos de este mundo que Dios entregó a las disputas de los hombres. Piensen los hombres y obren

[22] Fuente bíblica: San Juan, 18, 36.

25 los hombres como pensaren y como obraren, que
se consuelen de haber nacido, que vivan lo más
contentos que puedan en la ilusión de que todo
esto tiene una finalidad. Yo no he venido a someter
los pobres a los ricos, ni a predicar a éstos que se
30 sometan a aquéllos. Resignación y caridad en todos y para todos. Porque también el rico tiene que
resignarse a su riqueza, y a la vida, y también el
pobre tiene que tener caridad para con el rico.
¿Cuestión social? Deja eso, eso no nos concierne.
35 Que traen una nueva sociedad, en que no haya ya
ni ricos ni pobres, en que esté justamente repartida
la riqueza, en que todo sea de todos, ¿y qué?
¿Y no crees que del bienestar general surgirá más
fuerte el tedio de la vida? Sí, ya sé que uno de esos
40 caudillos de la que llaman la revolución social ha
dicho que la religión es el opio del pueblo[23].
Opio..., opio... Opio, sí. Démosle opio, y que
duerma y que sueñe. Yo mismo, con esta mi loca
actividad, me estoy administrando opio. Y no logro
45 dormir bien, y menos soñar bien... ¡Esta terrible
pesadilla! Y yo también puedo decir con el Divino
Maestro: «Mi alma está triste hasta la muerte»[24]. No,
Lázaro, no; nada de sindicatos por nuestra parte.
Si lo forman ellos, me parecerá bien, pues que así
50 se distraen. Que jueguen al sindicato, si eso les
contenta.

Línea 42: *Démosnos* cambia a *Démosle* (ed. 1931).
Línea 50-51: *si eso les contenta,* añadido (ed. 1931).

---

[23] Alude a Karl Marx, *Introducción a la filosofía del derecho
de Hegel* (1884). Este comentario de Marx es muy conocido y ci-
tado en esta época en España. Unamuno tenía la obra principal
de Marx en su biblioteca e hizo notas en el primer tomo, *Das
Kapital, Kritik der politischen Oekonomie,* Herausgegeben von
Friedrich Engels, 4 vols. (Hamburg, Meissner, 1890-4).
[24] Fuente bíblica: San Mateo, 26, 38; San Marcos, 14, 34.

El pueblo todo observó que a don Manuel le menguaban las fuerzas, que se fatigaba. Su voz misma, aquella voz que era un milagro, adquirió
55 un cierto temblor íntimo. Se le asomaban las lágrimas con cualquier motivo. Y sobre todo cuando hablaba al pueblo del otro mundo, de la otra vida, tenía que detenerse a ratos cerrando los ojos. «Es que lo está viendo», decían. Y en aquellos mo-
60 mentos era Blasillo el bobo el que con más cuajo lloraba. Porque ya Blasillo lloraba más que reía, y hasta sus risas sonaban a lloros.

Al llegar la última Semana de Pasión que con nosotros, en nuestro mundo, en nuestra aldea cele-
65 bró don Manuel, el pueblo todo presintió el fin de la tragedia. ¡Y cómo sonó entonces aquel «¡Dios mío, Dios mío!, ¿por qué me has abandonado?», el último que en público sollozó don Manuel! Y cuando dijo lo del Divino Maestro al buen bandolero
70 —«todos los bandoleros son buenos», solía decir nuestro don Manuel—, aquello de: «Mañana estarás conmigo en el paraíso»[25]. ¡Y la última comunión general que repartió nuestro santo! Cuando llegó a dársela a mi hermano, esta vez con mano
75 segura, después del litúrgico *...in vitam aeternam,* se le inclinó al oído y le dijo: «No hay más vida eterna que ésta..., que la sueñen eterna..., eterna de unos pocos años...» Y cuando me la dio a mí me dijo: «Reza, hija mía, reza por nosotros.» Y luego,
80 algo tan extraordinario que lo llevo en el corazón como el más grande misterio, y fue que me dijo con voz que parecía de otro mundo: «...y reza también por Nuestro Señor Jesucristo...»

Me levanté sin fuerzas y como sonámbula. Y todo
85 en torno me pareció un sueño. Y pensé: «Habré de rezar también por el lago y por la montaña.» Y luego: «¿Es que estaré endemoniada?» Y en casa

---

[25] Fuente bíblica: San Lucas, 24, 43.

ya, cogí el crucifijo con el cual en las manos había
entregado a Dios su alma mi madre, y mirándolo a
90   través de mis lágrimas y recordando el «¡Dios mío,
Dios mío!, por qué me has abandonado?» de nuestros dos Cristos, el de esta Tierra y el de esta aldea,
recé: «Hágase tu voluntad así en la tierra como en
el cielo», primero, y después: «Y no nos dejes caer
95   en la tentación, amén»[26]. Luego me volví a aquella
imagen de la Dolorosa, con su corazón traspasado
por siete espadas, que había sido el más doloroso
consuelo de mi pobre madre, y recé: «Santa María,
madre de Dios, ruega por nosotros, pecadores,
100   ahora y en la hora de nuestra muerte, amén.»
Y apenas lo había rezado cuando me dije: «¿Pecadores?, ¿nosotros pecadores?, ¿y cuál es nuestro
pecado, cuál?» Y anduve todo el día acongojada
por esta pregunta.
105   Al día siguiente acudí a don Manuel, que iba
adquiriendo una solemnidad de religioso ocaso, y
le dije:
—¿Recuerda, padre mío, cuando hace ya años,
al dirigirle yo una pregunta me contestó: «Eso no
110   me lo preguntéis a mí, que soy ignorante; doctores
tiene la Santa Madre Iglesia que os sabrán responder?»
—¡Que si me acuerdo!... Y me acuerdo que te
dije que ésas eran preguntas que te dictaba el
115   Demonio.
—Pues bien, padre: hoy vuelvo yo, la endemoniada, a dirigirle otra pregunta que me dicta mi
demonio de la guarda.
—Pregunta.

Línea 89: palabra tachada después de *Dios* (ms. 1930).
Línea 114: *dirigía* cambia a *dictaba* (ed. 1931).

---

[26] Fuente bíblica: San Mateo, 6, 9-13.

120 —Ayer, al darme de comulgar, me pidió que rezara por todos nosotros y hasta por...

—Bien, cállalo y sigue.

—Llegué a casa y me puse a rezar, y al llegar a aquello de «ruega por nosotros, pecadores, ahora y

125 en la hora de nuestra muerte», una voz íntima me dijo: «¿Pecadores?, ¿pecadores nosotros?, ¿y cuál es nuestro pecado?» ¿Cuál es nuestro pecado, padre?

—¿Cuál? —me respondió—. Ya lo dijo un gran

130 doctor de la Iglesia Católica Apostólica Española, ya lo dijo el gran doctor de *La vida es sueño,* ya dijo que «el delito mayor del hombre es haber nacido»[27]. Ése es, hija, nuestro pecado: el de haber nacido.

135 —¿Y se cura, padre?

—¡Vete y vuelve a rezar! Vuelve a rezar por nosotros, pecadores, ahora y en la hora de nuestra muerte... Sí, al fin se cura el sueño..., y al fin se cura la vida..., al fin se acaba la cruz del naci-

140 miento... Y como dijo Calderón, el hacer bien, y el engañar bien, ni aun en sueños se pierde...

Líneas 138-141: *Sí, al fin se cura el sueño..., y al fin se cura la vida..., al fin se acaba la cruz del nacimiento... Y como dijo Calderón, el hacer bien, y el engañar bien, ni aun en sueños se pierde...* Este fragmento, añadido por Unamuno para la edición de 1931, claramente extiende el comentario de la línea 97. Otra vez vemos que Unamuno prefiere añadir al fin del capítulo y no interrumpir el texto ya escrito.

---

[27] Calderón fue uno de los autores clásicos españoles predilectos de Unamuno. La cita es del primer acto, segunda escena, de *La vida es sueño.*

Y la hora de su muerte llegó, por fin. Todo el pueblo la veía llegar. Y fue su más grande lección. No quiso morirse ni solo ni ocioso. Se murió predicando al pueblo, en el templo. Prime-
5   ro, antes de mandar que le llevasen a él, pues no podía ya moverse por la perlesía, nos llamó a su casa a Lázaro y a mí. Y allí los tres a solas, nos dijo:

—Oíd: cuidad de estas pobres ovejas, que se
10 consuelen de vivir, que crean lo que yo no he podido creer. Y tú, Lázaro, cuando hayas de morir, muere como yo, como morirá nuestra Ángela, en el seno de la Santa Madre Católica Apostólica Romana, de la Santa Madre Iglesia de Valverde
15 de Lucerna, bien entendido. Y hasta nunca más ver, pues se acaba este sueño de la vida...

—¡Padre, padre! —gemí yo.

—No te aflijas, Ángela, y sigue rezando por todos los pecadores, por todos los nacidos. Y que
20 sueñen, que sueñen. ¡Qué ganas tengo de dormir, dormir, dormir sin fin, dormir por toda una eternidad y sin soñar!, ¡olvidando el sueño! Cuando me entierren, que sea en una caja hecha con aquellas seis tablas que tallé del viejo nogal, ¡po-
25 brecillo!, a cuya sombra jugué de niño, cuando empezaba a soñar... ¡Y entonces sí que creía en la vida perdurable! Es decir, me figuro ahora que creía entonces. Para un niño, creer no es más que

---

Línea 25: *pobrecito* cambia a *pobrecillo* (ms. 1930).

soñar. Y para un pueblo. Esas seis tablas que tallé
30 con mis propias manos, las encontraréis al pie de
mi cama.

Le dio un ahogo y, repuesto de él, prosiguió:
—Recordaréis que cuando rezábamos todos en
uno, en unanimidad de sentido, hechos pueblo, el
35 Credo, al llegar al final yo me callaba. Cuando los
israelitas iban llegando al fin de su peregrinación
por el desierto, el Señor les dijo a Aarón y a Moisés
que por no haberle creído no meterían a su pueblo
en la tierra prometida, y les hizo subir al monte de
40 Hor, donde Moisés hizo desnudar a Aarón, que allí
murió, y luego subió Moisés desde las llanuras de
Moab al monte Nebo, a la cumbre del Frasga,
enfrente de Jericó, y el Señor le mostró toda la
tierra prometida a su pueblo, pero diciéndole a él:
45 «¡No pasarás allá!»[28] y allí murió Moisés y nadie
supo su sepultura. Y dejó por caudillo a Josué. Sé
tú, Lázaro, mi Josué, y si puedes detener al sol
detenle y no te importe del progreso»[29]. Como
Moisés, he conocido al Señor, nuestro supremo
50 ensueño, cara a cara, y ya sabes que dice la
Escritura que el que le ve la cara a Dios, que el
que le ve al sueño los ojos de la cara con que nos
mira, se muere sin remedio y para siempre[30]. Que
no le vea, pues, la cara a Dios este nuestro pueblo
55 mientras viva, que después de muerto ya no hay
cuidado, pues no verá nada...
—¡Padre, padre, padre! —volví a gemir. Y él:

Línea 50-51: *que dice la Escritura,* añadido (ed. 1931).
Línea 55: *vida* cambia a *viva* (ed. 1931).

---

[28] Fuente bíblica: Deuteronomio, 34.
[29] Fuente bíblica: Deuteronomio, 3, 28; Josué, 10, 12-14.
[30] Fuente bíblica: Éxodo, 33, 20.

138

—Tú, Ángela, reza siempre, sigue rezando para
que los pecadores todos sueñen hasta morir la
60 resurrección de la carne y la vida perdurable...
Yo esperaba un «¿y quién sabe...?», cuando le
dio otro ahogo a don Manuel.
—Y ahora —añadió—, ahora, en la hora de mi
muerte, es hora de que hagáis que se me lleve, en
65 este mismo sillón, a la iglesia, para despedirme allí
de mi pueblo que me espera.
Se le llevó a la iglesia y se le puso, en el sillón, en
el presbiterio, al pie del altar. Tenía entre sus
manos un crucifijo. Mi hermano y yo nos pusimos
70 junto a él, pero fue Blasillo el bobo quien más se
arrimó. Quería coger de la mano a don Manuel,
besársela. Y como algunos trataran de impedírselo,
don Manuel les reprendió, diciéndoles:
—Dejadle que se me acerque. Ven, Blasillo,
75 dame la mano.
El bobo lloraba de alegría. Y luego don Manuel
dijo:
—Muy pocas palabras, hijos míos, pues apenas
me siento con fuerzas sino para morir. Y nada
80 nuevo tengo que deciros. Ya os lo dije todo. Vivid
en paz y contentos y esperando que todos nos veamos un día en la Valverde de Lucerna que hay allí,
entre las estrellas de la noche que se reflejan en el
lago, sobre la montaña. Y rezad, rezad a María
85 Santísima, rezad a Nuestro Señor. Sed buenos, que
esto basta. Perdonadme el mal que haya podido
haceros sin quererlo y sin saberlo. Y ahora, después que os dé mi bendición, rezad todos a una el
Padrenuestro, el Avemaría, la Salve, y por último
90 el Credo.
Luego, con el crucifijo que tenía en la mano, dio

Líneas 58-59: *sueñen,* tachado después de *para que* (ed. 1931).
Línea 67: *al lado,* después de *sillón,* eliminado (ed. 1931).
Línea 79: *sin* cambia a *con* (ed. 1931).

la bendición al pueblo, llorando las mujeres y los niños y no pocos hombres, y en seguida empezaron las oraciones, que don Manuel oía en silencio y cogido de la mano por Blasillo, que al son del ruego se iba durmiendo. Primero el Padrenuestro con su «hágase tu voluntad así en la tierra como en el cielo», luego el Santa María con su «ruega por nosotros, pecadores, ahora y en la hora de nuestra muerte», a seguida la Salve con su «gimiendo y llorando en este valle de lágrimas», y por último el Credo. Y al llegar a la «resurrección de la carne y la vida perdurable», todo el pueblo sintió que su santo había entregado su alma a Dios. Y no hubo que cerrarle los ojos, porque se murió con ellos cerrados. Y al ir a despertar a Blasillo nos encontramos con que se había dormido en el Señor para siempre. Así que hubo que enterrar dos cuerpos.

El pueblo todo se fue en seguida a la casa del santo a recoger reliquias, a repartirse retazos de sus vestiduras[31], a llevarse lo que pudieran como reliquia y recuerdo del bendito mártir. Mi hermano guardó su breviario, entre cuyas hojas encontró, desecada y como en un herbario, una clavellina pegada a un papel, y en éste, una cruz con una fecha.

Línea 94: *leía* cambia a *oía* (ed. 1931).
Línea 102: *de los muertos* cambia a *de la carne* (ed. 1931).
Línea 114: palabra tachada después de *clavellina* (ms. 1930).

---

[31] Fuente bíblica: San Mateo, 27,35; San Marcos, 15,24; San Lucas, 23,34; San Juan, 19,23.

Nadie en el pueblo quiso creer en la muerte de
don Manuel; todos esperaban verle a diario, y
acaso le veían, pasar a lo largo del lago y espejado
en él o teniendo por fondo la montaña; todos
5   seguían oyendo su voz, y todos acudían a su sepultura, en torno a la cual surgió todo un culto. Las
endemoniadas venían ahora a tocar la cruz de
nogal, hecha también por sus manos y sacada del
mismo árbol de donde sacó las seis tablas en que
10   fue enterrado. Y los que menos queríamos creer
que se hubiese muerto éramos mi hermano y yo.

Él, Lázaro, continuaba la tradición del santo y
empezó a redactar lo que le había oído, notas de
que me he servido para esta mi memoria.

15   —Él me hizo un hombre nuevo, un verdadero
Lázaro, un resucitado[32] —me decía—. Él me
dio fe.

—¿Fe? —le interrumpía yo.

—Sí, fe, fe en el consuelo de la vida, fe en el
20   contento de la vida. Él me curó de mi progresismo.
Porque hay, Ángela, dos clases de hombres peli-
grosos y nocivos: los que convencidos de la vida de
ultratumba, de la resurrección de la carne, ator-
mentan, como inquisidores que son, a los demás

Línea 10: palabra tachada después de *menos* (ms. 1930).
Línea 15: palabra tachada después de *hizo* (ms. 1930).

---

[32] Fuente bíblica: San Juan. 11, 1-45.

25 para que, despreciando esta vida como transitoria,
se ganen la otra, y los que no creyendo más que
en éste...
—Como acaso tú... —le decía yo.
—Y sí, y como don Manuel. Pero no creyendo
30 más que en este mundo esperan no sé qué sociedad
futura y se esfuerzan en negarle al pueblo el consuelo de creer en otro...
—De modo que...
—De modo que hay que hacer que vivan de la
35 ilusión.

El pobre cura que llegó a sustituir a don Manuel
en el curato entró en Valverde de Lucerna abru-
mado por el recuerdo del santo y se entregó a mi
hermano y a mí para que le guiásemos. No quería
40 sino seguir las huellas del santo. Y mi hermano le
decía: «Poca teología, ¿eh?, poca teología; religión,
religión.» Y yo al oírselo me sonreía pensando si es
que no era también teología lo nuestro.
Yo empecé entonces a temer por mi pobre her-
45 mano. Desde que se nos murió don Manuel no
cabía decir que viviese. Visitaba a diario su tumba
y se pasaba horas muertas contemplando el lago.
Sentía morriña de la paz verdadera.
—No mires tanto al lago —le decía yo.
50 —No, hermana, no temas. Es otro el lago que
me llama; es otra la montaña. No puedo vivir
sin él.
—¿Y el contento de vivir, Lázaro, el contento
de vivir?
55 —Eso para otros pecadores, no para nosotros
que le hemos visto la cara a Dios, a quienes nos ha
mirado con sus ojos el sueño de la vida.
—¿Qué, te preparas a ir a ver a don Manuel?

Línea 30: *mundo,* añadido (ed. 1931).
Línea 37: *su curato* cambia a *el curato* (ms. 1930).

—No, hermana, no; ahora y aquí en casa, entre
60 nosotros solos, toda la verdad por amarga que sea,
amarga como el mar a que van a parar las aguas
de este dulce lago, toda la verdad para ti, que estás
abroquelada contra ella...
—¡No, no, Lázaro; ésa no es la verdad!
65 —La mía, sí.
—La tuya, ¿pero y la de...?
—También la de él.
—¡Ahora, no, Lázaro; ahora no! Ahora cree otra
cosa, ahora cree...
70 —Mira, Ángela, una de las veces en que al
decirme don Manuel que hay cosas que aunque se
las diga uno a sí mismo debe callárselas a los
demás, le repliqué que me decía eso por decírselas
a él, esas mismas, a sí mismo, acabó confesándome
75 que creía que más de uno de los más grandes
santos, acaso el mayor, había muerto sin creer en
la otra vida.
—¿Es posible?
—¡Y tan posible! Y ahora, hermana, cuida que
80 no sospechen siquiera aquí, en el pueblo, nuestro
secreto...
—¿Sospecharlo? —le dije—. Si intentase, por
locura, explicárselo, no lo entenderían. El pueblo
no entiende de palabras; el pueblo no ha entendido
85 más que vuestras obras. Querer exponerles eso
sería como leer a unos niños de ochos años unas
páginas de Santo Tomás de Aquino... en latín.
—Bueno, pues cuando yo me vaya, reza por mí
y por él y por todos.
90 Y por fin le llegó también su hora. Una enfermedad que iba minando su robusta naturaleza pareció exacerbársele con la muerte de
don Manuel.
—No siento tanto tener que morir —me decía en
95 sus últimos días—, como que conmigo se muere
otro pedazo del alma de don Manuel. Pero lo

143

demás de él vivirá contigo. Hasta que un día hasta
los muertos nos moriremos del todo.

Cuando se hallaba agonizando entraron, como
100 se acostumbra en nuestras aldeas, los del pueblo a
verle agonizar, y encomendaban su alma a don
Manuel, a san Manuel Bueno, el mártir. Mi hermano no les dijo nada, no tenía ya nada que
decirles; les dejaba dicho todo, todo lo que queda
105 dicho. Era otra laña más entre las dos Valverdes de
Lucerna, la del fondo del lago y la que en su
sobrehaz se mira; era ya uno de nuestros muertos
de vida, uno también, a su modo, de nuestros
santos.

Líneas 102-109: *Mi hermano no les dijo nada, no tenía ya nada que
decirles; les dejaba dicho todo, todo lo que queda dicho. Era
otra laña más entre las dos Valverdes de Lucerna, la del fondo
del lago y la que en su sobrehaz se mira; era ya uno de nuestros muertos de vida, uno también, a su modo, de nuestros
santos.* Este fragmento, añadido a la edición de 1931, extiende
el símbolo de la ciudad sumergida, dándole claramente el significado de la ilusión de vida eterna transmitido por la tradición.

Quedé más que desolada, pero en mi pueblo y
con mi pueblo. Y ahora, al haber perdido a mi
san Manuel, al padre de mi alma, y a mi Lázaro,
mi hermano aún más que carnal, espiritual, ahora
5 es cuando me doy cuenta de que he envejecido y de
cómo he envejecido. Pero ¿es que los he perdido?,
¿es que he envejecido?, ¿es que me acerco a mi
muerte?

¡Hay que vivir! Y él me enseñó a vivir, él nos
10 enseñó a vivir, a sentir la vida, a sentir el sentido
de la vida, a sumergirnos en el alma de la montaña, en el alma del lago, en el alma del pueblo de
la aldea, a perdernos en ellas para quedar en ellas.
Él me enseñó con su vida a perderme en la vida del
15 pueblo de mi aldea, y no sentía yo más pasar las
horas, y los días y los años, que no sentía pasar el
agua del lago. Me parecía como si mi vida hubiese
de ser siempre igual. No me sentía envejecer. No
vivía yo ya en mí, sino que vivía en mi pueblo y mi
20 pueblo vivía en mí[33]. Yo quería decir lo que ellos,

Línea 3: *don* cambia a *San* (ed. 1931).
Línea 15: *vida* cambia a *aldea* (ed. 1931).

---

[33] Véase *Paz en la guerra* (II, 300), donde primero se anuncia
la identidad del pueblo y la persona. Este concepto se puede leer
a través de sus obras, especialmente en los *Paisajes*. En *San Manuel
Bueno, mártir* se eleva este sentimiento al nivel de fe. Véase Gá-
latas, 2, 20, donde se da la fuente bíblica: «Y ya no vivo yo, mas
vive Cristo en mí; y lo que ahora vive en la carne, lo vivo en
la fe del Hijo de Dios.»

los míos, decían sin querer. Salía a la calle, que era la carretera, y como conocía a todos vivía en ellos y me olvidaba de mí, mientras que en Madrid, donde estuve alguna vez con mi hermano, como a
25 nadie conocía, sentíame en terrible soledad y torturada por tantos desconocidos.

Y ahora, al escribir esta memoria, esta confesión íntima de mi experiencia de la santidad ajena, creo que don Manuel Bueno, que mi san Manuel y que
30 mi hermano Lázaro se murieron creyendo no creer lo que más nos interesa, pero sin creer creerlo, creyéndolo en una desolación activa y resignada.

Pero ¿por qué —me he preguntado muchas veces— no trató don Manuel de convertir a mi her-
35 mano también con un engaño, con una mentira, fingiéndose creyente sin serlo? Y he comprendido que fue porque comprendió que no le engañaría, que para con él no le serviría el engaño, que sólo con la verdad, con su verdad, le convertiría; que no
40 habría conseguido nada si hubiese pretendido representar para con él una comedia —tragedia más bien—, la que representaba para salvar al pueblo. Y así le ganó, en efecto, para su piadoso fraude; así le ganó con la verdad de muerte a la razón de
45 vida. Y así me ganó a mí, que nunca dejé transparentar a los otros su divino, su santísimo juego. Y es que creía y creo que Dios Nuestro Señor, por no sé qué sagrados y no escudriñaderos designios, les hizo creerse incrédulos. Y que acaso en el
50 acabamiento de su tránsito se les cayó la venda. Y yo, ¿creo?

Línea 43: *quitó* cambia a *ganó* (ed. 1931).
Línea 48: *e inescudriñables* cambia a *y no escudriñados* (ms. 1930) y a *no escudriñaderos* (1933).
Línea 50: *el velo* cambia a *la venda* (ed. 1931). Este cambio nos recuerda el uso metafórico que Unamuno ha hecho de *venda* a través de su obra; véase, por ejemplo, *La venda,* obra de teatro y cuento que data de 1899.

Y al escribir esto ahora, aquí, en mi vieja casa
materna, a mis más que cincuenta años, cuando
empiezan a blanquear con mi cabeza mis recuerdos, está nevando, nevando sobre el lago, nevando
sobre la montaña, nevando sobre las memorias de
mi padre, el forastero; de mi madre, de mi hermano Lázaro, de mi pueblo, de mi san Manuel, y
también sobre la memoria del pobre Blasillo, de mi
san Blasillo, y que él me ampare desde el cielo.
Y esta nieve borra esquinas y borra sombras, pues
hasta de noche la nieve alumbra. Y yo no sé lo que
es verdad y lo que es mentira, ni lo que vi y lo que
sólo soñé —o mejor lo que soñé y lo que sólo vi—,
ni lo que supe ni lo que creí. Ni sé si estoy
traspasando a este papel, tan blanco como la nieve,
mi conciencia, que en él se ha de quedar, quedán-
dome yo sin ella. ¿Para qué tenerla ya...?

¿Es que sé algo?, ¿es que creo algo? ¿Es que
esto que estoy aquí contando ha pasado y ha
pasado tal y como lo cuento? ¿Es que pueden
pasar estas cosas? ¿Es que todo esto es más que un
sueño soñado dentro de otro sueño? ¿Seré yo,
Ángela Carballino, hoy cincuentona, la única persona que en esta aldea se ve acometida de estos
pensamientos extraños para los demás? ¿Y éstos,
los otros, los que me rodean, creen? ¿Qué es eso
de creer? Por lo menos viven. Y ahora creen en
san Manuel Bueno, mártir, que sin esperar la inmortalidad los mantuvo en la esperanza de ella.

Parece que el ilustrísimo señor obispo, el que ha
promovido el proceso de beatificación de nuestro
santo de Valverde de Lucerna, se propone escribir su
vida, una especie de manual del perfecto párroco, y
recoge para ello toda clase de noticias. A mí me las
ha pedido con insistencia, ha tenido entrevistas
conmigo, le he dado toda clase de datos, pero me

Línea 68: *yo,* añadido (ed. 1931).

he callado siempre el secreto trágico de don Manuel y de mi hermano. Y es curioso que él no lo haya
90   sospechado. Y confío en que no llegue a su conocimiento todo lo que en esta memoria dejo consignado. Les temo a las autoridades de la tierra, a las
autoridades temporales, aunque sean las de la
Iglesia.
95   Pero aquí queda esto, y sea de su suerte lo que
fuere.

¿Cómo vino a parar a mis manos este documen-
to, esta memoria de Ángela Carballino? He aquí
algo, lector, algo que debo guardar en secreto. Te
100 la doy tal y como a mí ha llegado, sin más que
corregir pocas, muy pocas particularidades de re-
dacción. ¿Que se parece mucho a otras cosas que
yo he escrito? Esto nada prueba contra su objetivi-
dad, su originalidad. ¿Y sé yo, además, si no he
105 creado fuera de mí seres reales y efectivos, de alma
inmortal? ¿Sé yo si aquel Augusto Pérez, el de mi
nivola *Niebla,* no tenía razón al pretender ser más
real, más objetivo que yo mismo, que creía haberle
inventado? De la realidad de este san Manuel
110 Bueno, mártir, tal como me lo ha revelado su
discípula e hija espiritual Ángela Carballino, de esta
realidad no se me ocurre dudar. Creo en ella más
que creía el mismo santo; creo en ella más que creo
en mi propia realidad.
115 Y ahora, antes de cerrar este epílogo; quiero
recordarte, lector paciente, el versillo noveno de la
Epístola del olvidado apóstol San Judas —¡lo que
hace un nombre!—, donde se nos dice cómo mi

Línea 106: *mi,* antes de *Augusto,* tachado (ms. 1930).
Línea 107: *novela* cambia a *nivola* (ms. 1930).
Línea 108: *creía* cambia a *pretendía* (ms. 1930) y regresa a *creía*
en 1933.
Líneas 113-114: *creo en mi propia realidad,* añadido (ms. 1930).

celestial patrono, San Miguel Arcángel —Miguel
120 quiere decir «¿Quién como Dios?», y arcángel,
archimensajero—, disputó con el Diablo —Diablo
quiere decir acusador, fiscal— por el cuerpo de
Moisés y no toleró que se lo llevase en juicio de
maldición, sino que le dijo al Diablo: «El Señor te
125 reprenda.» Y el que quiera entender que entienda[34].

Quiero también, ya que Ángela Carballino mezcló
a su relato sus propios sentimientos, ni sé qué otra
cosa quepa, comentar yo aquí lo que ella dejó
dicho de que si don Manuel y su discípulo Lázaro
130 hubiesen confesado al pueblo su estado de creencia, éste, el pueblo, no los habría entendido. Ni los
habría creído, añado yo. Habrían creído a sus
obras y no a sus palabras, porque las palabras no
sirven para apoyar las obras, sino que las obras se
135 bastan. Y para un pueblo como el de Valverde de
Lucerna no hay más confesión que la conducta. Ni
sabe el pueblo qué cosa es fe, ni acaso le importa
mucho.

Bien sé que en lo que se cuenta en este relato, si
140 se quiere novelesco —y la novela es la más íntima
historia, la más verdadera, por lo que no me
explico que haya quien se indigne de que se llame
novela al Evangelio, lo que es elevarle, en realidad,
sobre un cronicón cualquiera—, bien sé que en lo
145 que se cuenta en este relato no pasa nada; mas
espero que sea porque en ello todo se queda, como

Línea 124: *blasfemia* cambia a *maldición* (ed. 1931).
Línea 124-125: *«Te reprenda el Señor»* cambia a *«El Señor te re-
prenda»* (ed. 1931).
Línea 143: *a los Evangelios* cambia a *el Evangelio* (ed. 1931).
Línea 143: *realidad,* tachada y luego añadida (ms. 1930).

---

[34] Fuente bíblica: San Judas, 9, cita la obra apócrifa del antiguo testamento: La asunción de Moisés.

se quedan los lagos y las montañas y las santas almas sencillas asentadas más allá de la fe y de la desesperación, que en ellos, en los lagos y las montañas, fuera de la historia, en divina novela, se cobijaron.

Salamanca, noviembre de 1930.

Líneas 148: *asentadas,* añadida (ed. 1931).
Líneas 149-150: *en los lagos y las montañas,* añadido (ed. 1931).

Colección Letras Hispánicas

ÚLTIMOS TÍTULOS PUBLICADOS

DE PRÓXIMA APARICIÓN